KB065539

냉기가 향기롭다

빗방울화석 시선 6

냉기가 향기롭다

ⓒ이승규, 2019

초판 1쇄 2019년 3월 10일 펴냄

지은이 이승규

펴낸이 조재형

편 집 김민균

디자인 플래티넘 디자인

펴낸곳 빗방울화석

등 록 제300-2006-188호(2004.12.13)

주 소 경기도 파주시 교하읍 문발리 파주출판도시 535-7

전 화 010-3757-5927

이메일 kailas64@hanmail.net

ISBN 979-11-89522-01-8 03810

잘못된 책은 구입하신 곳에서 바꾸어드립니다.

이 도서의 국립중앙도서관 출판예정도서목록(CIP)은 서지정보유통지원시스템 홈페이지
(http://seoji.nl.go.kr)와 국가자료공동목록시스템(http://www.nl.go.kr/kolisnet)에서
이용하실 수 있습니다. (CIP제어번호: CIP2019004252)

빗방울화석 시선 6

냉기가 향기롭다

이승규 시집

빗방울화석

시 앞에

태백산에서
순수와 진지에 대해
이야기 나누던 시간이 있었다.

그 눈 속을 마냥 걷고 싶다.

2019년

냉기가 향기롭다

차 례

2.

3.

4.

해 설

1.

리히터 1.9

유칼립투스 이파리를 스치는 공기?
창문을 살짝 건드리는 빗방울?
아기가 꿈이 깨지 않게
내밀다 망설이는 손가락?

강아지가 짖고
아무도 눈치채지 않은 순간
찰랑거렸다 너를 마주치고서

볼 때마다 진앙지인 그 볼우물

너를 보며 나도

비 갠 저녁
털털거리며 소독차가 지나가고
차 꽁무니 쫓아가는 아이들 웃음소리에 섞여
네 얼굴을 본다, 나도 앞니가 빠져서

스물일곱 계단 위에 햇빛 반사되던 철대문
대문 안 잔디밭에 네가 앉아 있던 목마
흰 목마 타고 나도 먼 곳으로 떠나고 싶었지만
작은 내 몸은 꽃이파리 이슬 같은
네 눈 속에서만 술렁거렸고

뽑을 이 없어지고 훌쩍 키 자라
수줍음 많이 타는 소년이 된 뒤에도
네 집 앞에선 자전거 속도 줄이고
페달 위에 쭈욱 몸을 세워 올렸다

나뭇잎은 지고 져서
기절할 것 같은 너의 첫말도
공사장 담벼락에 갇히고
꽃 피던 네 집 뜰에 아파트 들어서고도

아직 나는 먼 곳으로 떠나가지 못한 채
날 저무는 골목길을 서성거리고

흩어지는 하얀 연기
흩어지는 옷깃들 사이에서
네 얼굴을 본다, 나도 웃는 눈을 비비며

갈 수 없는 동네

전철이 멈추면
찬바람만 하차하는 곳

헐린 집 사이
드문드문 새는 인기척
집보다 풀
어둠 속 어둠
불 끈 전철 지날 때마다
걷어 가지 않은 빨래가
몸서리칠 것 같은 마당
아기도 깨지 않고
엄마도 어르지 않는 방

오래전에 네가
그 집에서 자라났다
실금처럼 얽힌 골목 달리다
돌아와 오줌 누는 흰 마당에서
문득 달에 기어오르곤 했다

그 달 차츰 기울어
콩나무 줄기조차 넘어지고
남아 있는 건 뭐든 파헤쳐진 땅
떠난 사람마다 잊으려고 애쓰다
꿈에서나 먼지 묻은 개나리처럼
활짝 폈다 지는 동네

출구로 입구를 비틀어 막아
아무도 찾아갈 수 없는 곳
지붕 없는 구들장에 잠든 누군가
아직 떨면서 남아 있는 나라

비행접시?

비행접시 나타났다는 소문이 돈다. 희미하게 둥근 비행접시 사진이 신문에 나온다. 정말 외계에서 온 접시일까, 순식간에 사라지는 거대한 접시일까, 생각하는 사이 벌써 집에 도착. 버스만 타고 다니는 나는 비행접시를 믿지 않는다.

골방에 들어가자마자 잠을 잔다. 경기도 가평 하늘에 출몰했다는 비행접시를 떠올리진 않는다. 그저 평화롭고 나른한 잠에 빠져들면서, 꿈속에선 비행접시를 찾지 않고 가평 하늘 근처를 기웃대지도 않는다.

그러다 혼곤히 잠을 깬다. 스위치를 누르자, 둥근 형광등이 깜빡, 깜빡거리다 켜진다. 등이 켜지는 동시에 한 여자가, 흰 면도칼 위에 올라선 한 여자가, 가늘게 휘청거리다 고개를 떨어뜨린다. 재빨리 불이 꺼진다.

소문은 끊이지 않는다. 유사한 비행접시가 이번엔 강원도에 나타났다고. 아쉽게도 촬영에는 실패했다고. 신문을 뒤적이면서, 정말로 외계에서 온 접시가 순식간에 나타나는 접시일까, 아주 엄청나게 단단한 접시일까 되묻는 사이 벌써 밖에 나갈 시간. 버스를 놓치지 않으려고 서두르면서 나는 머릿속의 비행접시를 얼른 외계로 내몬다.

골목을 돌아 나가자 멀리서 버스가 달려온다. 깜빡거리는, 거대한 둥근 등.

가죽일체수선

코끼리 같은 남자가
손바닥만 한 의자에 쭈그리고 앉는다
무릎 위에 하이힐을 올려놓고
온 신경을 바늘 끝에 모으지만

터진 신발짝 같은 생활을 질질 끌고 다니다
중고트럭에 수선 부품과 노하우를 싣고 온
모래내시장에서 자꾸 흐려지는 눈을 비빈다

그가 옆으로 밀쳐놓은 핸드백에서
인조악어가 빠져나오자 슬금슬금
양과 소가 옷걸이 뒤로 뒷걸음친다
구두굽에 못 박는 그의 단호한 망치 소리에
동물들이 제각기 자리로 되돌아간다

그는 관록 있는 조련사다
그가 웅크리고 손보기만 하면
양 잠바가 배달 스쿠터를 부르릉 몰아대고
들소 구두가 후다다닥 시장바닥 내달린다

그의 팔뚝에도 용이 막 승천하고 있지만
뚜렷한 흉터가 지퍼 닫듯 손등을 잇고 있다
하지만 그의 손은 그 누구의 과거도
어김없이 받아들인다

냄새 나는 진창길 달려왔어도
어딘가 찢겨 실려 왔어도
감쪽같이 아물게 하고 새살 덧댄다

죽어서 이름 못 남길 사람들
뒤틀리고 헤진 가죽 쓰다듬는다

칠레야

마트에서 홍어 고르다 만났어

칠레, 넌 얼마나 먼 곳에서 헤엄쳐 왔나

나는 지하1층 마트로 가는 에스컬레이터 탔을 뿐인데

칠레, 너는 홍어로 와인으로 감쪽같이 진열되었지만

나는 너를 모른다, 너에게로 갈 수 없다

너에게 가고 싶지 않아, 널 모른다니까

너의 그 길쭉한 면상, 바게트나 뱀, 하물며 썩은 동아

줄 잡은 적 없고

파블로 네루다, 늙은 시인의 음성, 널 들은 적 없어

너는 그래 가끔, 다이옥신이 초과함유되어 동네 정육

점 상륙했지만

나는 돼지고기 구워 먹은 바 없고

너의 겨울과 여름 공존한다는 기후, 희한한 냉온탕 즐

긴 적 없어

그래 칠레, 가지 않았으므로 가고 싶지 않은 땅

너를 나는 모르지만, 모르겠지만 넌 있어

썩은 내 나는 홍어나 텁텁한 와인, 슬픈 시로 있지 않고

너는 있어, 너에게도 있지 않나 쌉싸래한 추억

무작정 외치다 거꾸러지던 사람들 파묻은 이 땅처럼 네

게도

무수한 협잡들, 너의 땅 갉아대는 두더지들 있지 않나
칠레야

네가 있으므로, 있으므로 난 가고 싶어

암에 걸리지 않고 포도가 익기를 기다리며

시를 잘 쓸 수 없으니까 네루다 흉낸 낼 수 없고

칠레야 만나고 싶어, 한번 뵐 수 있을까요, 에스컬레이
터 타고

지하로 지하로 지하로 내려가 펄펄 끓는 지옥과 연옥
뚫고

지구 반대편으로 쏙, 고개 내밀까, 칠레야 이 사랑스
러운

나는 아기장수

나는 아기 혹은 장수
아기라면 엄마의 사랑 독차지하고
장수라면 단박에 적군의 목 베겠지
나는 아기장수
태어난 지 사흘 만에 걷고 말했어
사뭇 겨드랑이가 가려웠지
내가 아기라서 엄마를 불렀지만
엄마는 못된 장수라며 날 눌러 죽였다
차가운 땅에 파묻었다

나는 아기장수
땅을 뚫고 다시 일어나서도
여전히 세상이 지루하지만
반란이 필요한 건 아냐
아기처럼 보채고 잠자면서
적당히 웃어 보이거나 하품하면 돼
충직했던 용마도 이젠 날지 않아
사료와 항생제로 고기를 부풀리면서
놀이공원 퍼레이드를 뛰고 있지

세상은 환장할 만큼 평온해
축복하듯 폭탄이 떨어지고 열차들이 일제히
뒤집히네, 사람들이 줄 서서 수용소로 간 뒤 저기
은행에서 풀려나온 실력자들이 뛰노네
이 땅이 온통 공명정대해졌지

날 부르거나 내쫓는 사람도 없어
아토피성 피부염으로 떨어져 나간 비늘
조기영재학원 실려 다니며 늘어진 어깨
영웅도 전사도 필요 없는 시대
아이돌의 행진곡에 맞추는 율동

나는 아기장수
세상은 온통 휘황하고 찬란해
도무지 무엇이든 바꾸고 싶지 않아
검붉은 바위를 지고
스스로 땅속으로 들어간다
단념하려고, 거룩한 꿈꾸기 위해?
영영 깨어나기 싫은, 달콤한 잠을 위해?

통영 1

중앙시장 어물전
함지박에 파도가 인다

아 차거
흥정만 하는 손님에게
팔딱이며 물을 끼얹는
도미

세차게 지느러미를 흔들자
시장이 들썩인다
항구가 기우뚱댄다

허리 굽은 새까만 할매가
빨간 바가지를 들어
탁,
바다를 다스리는 한낮

바다의 빛
- 통영 2

노을을 보려다 허탕 치고
컴컴한 마음으로 건너는 바다
멀리서 온 물살 소리가
윤이상기념관 앞에 반짝거린다

창 없는 감옥 찬 바닥에 엎드려
그가 넋 나간 심청이의 귀로 들었던 파도?*
어릴 적 고기잡이 밤바다에서
늙은 어부들 노래에 화답하던 물결?

아름다운 어떤 불협화음도
고향에 당도하지 못하고
그 없이 그의 음률 따라
그저 먼 곳으로부터 달려와
울먹이듯 너울거리는
바닷속의 검은 빛

* 윤이상은 동백림사건으로 수감 중 뮌헨올림픽 기념 문화행사를 위한 작
곡을 의뢰받아 오페라 「심청」을 작곡했다.

와온

바다가 뻗어 버린 곳

썰물의 발가락 하나 옴짝 못하고
갯구멍으로 그저 느린 숨 내쉬는 개펄

갈대숲을 휘청이며 지나온 무엇이든
드디어 자빠지지 말고는 못 배기는 바닥

희망이나 낙담조차 허세
죽음에 가차운 참패

칠게 민챙이 보말고둥

댕가리 말똥성게 두도막눈썹참갯지렁이

다랭이마을

논 위에 논
햇볕 위에 햇볕
지붕 위에 마당이

와르르 무너지지 않게
논이 논을 꽉
바람이 바람 꽉
애 업은 큰누나가 꽉

바다가 하늘로 쏟아지지 않게
눈물이 눈물로 부서지지 않게

바람 위에 벼
벼 위에 파도
파도 위에 서슬 퍼런
꼬부랑 할머니가 꾸욱 꽉

검룡소*

1
이무기와 바위와 자갈들 말고
몇 그루의 나무들이 그 안에 살고 있는지
검룡소에선 사람 내장도 홀라당 비쳐 보이지
요건 심장, 요건 허파 가리키며 킬킬대다가
검댕 묻은 마음도 비쳐 문득 웃음 멈춰진다면

2
바람 찬 금대봉 기슭에
엔진 뜨거워진 자동차를 세워 두고
눈 속에 발을 푹푹 빠뜨리며 걷는다
노루 발자국 어수선한 비탈을 지나
사진기 들이대고 찍어대던 사람들이 돌아가고
주춤거리다 검룡소를 만난다

이토록 투명하게 솟구치는 샘
천상도 지상도 아닌 산중 이 물속에
얼얼하게 눈빛을 담았다 빼내면
천 가지 마음이 동시에 탈색!
하고 생각에 빠지는데,

갑자기 나무들이 웅성거린다
이무기가 잠을 깨려 하는지
바위가 한번 꿈틀, 하더니
금세 수면이 잠잠해진다

3
물에 스친 구름, 바람에 설레다
나도 몰랐던 내 얼굴 비춰 주는 검룡소
굽이굽이 한강으로 흘러가 열뜬 불빛 식혀 줄
검룡소 맑은 물을 조심스레 병에 담는다
몇 모금 마시고 나머지는 차에 싣는다
서울 집 어항에 쏟아부으면
어색하고 낯익어 퍽 당황해할 수돗물
그보다 먼저 돌아가는 차 안 내 뱃속이
요동을 칠지 모르지만

* 강원도 태백 금대봉 기슭에 있는 한강 발원지. 서해에서 흘러간 이무기가
용이 되어 승천하려다 검룡소에 갇혔다는 전설이 전해진다.

한 아이가 말했다

학교 조퇴하고
툇마루에 누워 눈 감으면
미래에서 온 해가
눈꺼풀을 두드리며 지날 때까지
어지러웠다

어디서 눈이 크고 얼굴이 흰 아이가 와서 말했다
너는 일찍 죽을 거야

2.

너를 안아 올리면

너를 안아 올리면 너는 너무 가볍다
신발이 벗겨지는 줄 모르고
어깨를 짚고 올라
깃털처럼 내 팔에서 빠져나간다

너는 너무 가벼워서 너는 없다
밤바람 같은 머리카락
녹는 눈같이 바스러지는 웃음
불안한 커튼 치는 눈동자

하늘에 떠 있는가 올려다보면
어느새 내 등 뒤에 와 서 있고
돌아보면 바람 부는 빈 벌판
알 수 없는 향기만 남는다

너는 너무 가벼워 내가 품을 수 없지만
네 곁을 절실히 떠날 수가 없고
신을 신은 너를 다시 안아 올리면
너는 맨발로 내 어깨를 밟는다
안개처럼 하얗게 날아간다

미달

공중으로 찬 축구공이 보이지 않는다, 높다란 소나무
에 걸려 있다

다른 공을 꺼내 우듬지를 향해 던진다, 미치지 못하고
풀썩 떨어지는 공, 벤치에 무표정한 여자들이 고개 돌리고
쳐다보고 있다, 다시 공을 세게 던진다, 가지가 흔들리고
아무 공도 떨어지지 않는다, 처음 걸린 데보다 높은 곳에
걸린 공, 나무 밑에 반 조각난 벽돌을 줍는다, 두 손으로
휙 던져 올린다, 벽돌이 머리로 떨어진다, 간신히 피한다,
또 던진다, 두 번, 세 번, 아무것도 떨어지지 않는다, 굵은
가지에 단정히 얹혀 있는 벽돌

해가 툭 떨어진다, 어두워지고 있다

통증의 내역

발이 아프다. 발바닥이 아프다. 걸을 때마다 아프고, 아플 때마다 안 아픈 한쪽 발도 아파 와. 심중 안 가는 이 아픔을 만지는 손이 저리고 쳐다보는 두 눈이 시리다

발이 아프다. 걸을 때도 아프고 걷지 않을 때도 아프다. 발에 와 닿는 불빛까지 숨결까지 아프다. 발이 딛고 선 시퍼런 땅바닥이 아프고, 아프지 않을 때 걸어 다닌 모든 길들이 갈라지고 덜컥거린다

아픔이 발이고 아픔이 땅바닥이다. 아픔이 아픔인 것처럼 아프지 않은 것도 끝내 아픔이다. 일 년 내내 땅이 아파 우는 소릴 발바닥으로 듣다가, 발로 흐느끼고 발등으로 눈물 닦는다. 땅이 울다 잠깐 울지 않을 때 발바닥으로 기꺼이 아프고, 땅이 다시 아프기 시작할 때 걸어 다니는 모든 발바닥들이 울고 싶어진다

발이 아프다. 발바닥이 아파 온다. 더 아파지려고 이토록 단단해진 땅들이 들썩이며 운다

빨간집모기에게

어둠 속에서 네가 온다
오묘한 비선형으로, 비틀비틀
취권 모션으로 날아온다, 이잉 잉
신경 거슬리는 경고음 부러 울리며
귓바퀴 돌아 목울대를 핥다가
맥박 위에 단호히 침을 박는다

네가 빨아 마시는 건 한 방울의 피
알밴 네 뱃속에 출렁거릴
나의 독성, 무수한 치욕과 절망
유구한 분투로 버무려진 유전자들

화산과 빙하를 지나
매머드에 창 꽂던 더운 피를 기억하며
자궁에서 수천 번 빠져나온 나는
잉잉거리며 다가오는 너를
너의 절박함과 집요함을 느낀다

손바닥으로 탁 치면
벽지에 붉게 박제되는 해탈의 찰나와

찔러 피 한 방울 나지 않는 철면피도 뚫는다는
흡혈신공의 영묘함을 나는 안다

뇌에 염증을 남겨 원시부족을 전멸시켰다는
너의 사촌 작은빨간집모기의 잔혹함을 버리고
엄동설한에 엘리베이터 타고 15층으로 이주한 너는
숨어서 날이 어두워지길 기다린다

또 네가 온다
잠결의 헛손질 피해
은은하고 치명적인 아로마 모기향 피해
넌 다가온다, 내 목에 날 선 입술을 박는다

대추나무 이력서

너는 경기도 산곡 개울 물소리에서 왔다, 아니 오솔길
이 내려다뵈는 산턱 새들의 흐린 날갯짓 소리에서 왔다,
아니 너는 땅속 촉촉한 흙알갱이 얼음 녹는 소리에서 왔다

오다가 너는 할아버지 어깨에 얹혀 혼절했고 빼곡한 지
붕 사이 쟁반만 한 화단에서 벌컥벌컥 냉수 들이마시고 소
생했다

연탄가스에 동치미 국물 들이마시던 우리와 같이 네 키
도 쑥쑥 자랐다, 석양이 꽃물처럼 번지던 날, 너의 열매 붉
어지고 골목을 단숨에 오르던 우리 심장도 부풀어 올랐다,
등화관제 속에서도 서로의 눈빛만 총총히 빛나던 날, 천장
에서 쥐들이 비밀스레 웅성거리고, 더러는 엿장수도 바꿔
가지 않는 나날, 화단에 묻어 놓은 딱딱한 새가 흥건히 비
맞는 꿈에 잠을 깨곤 했다

대추알은 할아버지 손등처럼 주름져야 제사상에 올라갔
지만, 중풍에 할아버지 쓰러지신 오후부터 너의 잎새 바래
고 줄기 메말라 갔다, 서서히 축대 금 가고 어느덧 마당 딸
린 집도 버려지자, 후루루 열매 쏟아내던 가지, 무수히 빗
방울 받아대던 잎들, 감기 걸려 쳐다보면 오돌돌 떨고 있
던 줄기, 그대로 남겨 두고 우린 떠났다, 네 이력은 거기
서 끝이 났지만 옥탑방에 누운 오늘 내 이마 위로 너는 뿌

리 서린다, 톡톡 콧잔등 두드리다 시고 단 대추알을 한입
에 쏙 넣어 준다

　나뭇가지 스치는 날갯짓 사이로 개울 물소리 건너간다,
녹다 만 얼음 녹으면 돌아가신 할아버지 석양을 안고 산곡
으로 까맣게 걸어가신다, 무너진 화단을 넘어와 너도 올
때처럼 할아버지 어깨에 얹혀 흔들, 흔들거리며 가고 있다

조양체육관

금 간 거울 속 곰팡이 천장
낮에도 깜빡이는 형광등

먼지 낀 상장과 트로피 옆
벽돌 격파하는 근육질 남자 사진 옆
대통령이 남긴 커다란 액자 "하면 된다"

대통령은 이미 시해되고
남자는 바람 빠진 노인이 되어
빈 승합차에 졸고 있다

해바라기처럼 들어찬 아파트에 가려
얼룩진 동네엔 군데군데 헐린 집
지하로 내려가는 좁은 계단에
흐릿한 체육관 간판 켜졌지만

체육관 출신으로, 깡패가 됐다 돌아온
사범이 다시 떠났다 마술피리를 불듯
아이들을 마저 빼 갔다

간질병 앓거나 학교 못 다니거나
엄마 얼굴 못 잊는 아이들
회비가 할인되었지만 머지않아
또 다른 변두리로 갈 아이들만 남아

제비새끼처럼 주먹을 내지른다
앞차기를 쭉 뻗다, 그만 꽈당
멋쩍게 일어나는 노란띠에
깔깔깔 터지는 새순들

땅 밑에 글썽이는 작은 태양들일까
무언가를 다시 밀치듯 들어 올리듯
질러대는 새된 기합 소리

계단에 삐져나온 철근다발이
공중을 향해 마구 꿈틀거린다

쥐를 위하여

쥐가 비누를 갉아 먹었다
찬장을 뒤진 다음 날이었다
머리를 감다 말고 이놈을 그냥
분연히 일어났지만
쥐 우는 소리에 바지도 못 추키고
변소에서 뛰쳐나오던 나였기에
마당을 가로지르는 그것을 어머니가
연탄집게로 후려칠 때도
수돗가에서 발만 구르고 있었을 뿐

쥐띠로 태어나
쥐포가 쥐를 눌러 말린 건지 알던 시절
그것은 안방 천장에서 이불로 뚝 떨어지거나
꽃 핀 하수구에서 불쑥 고개 내밀고
쥐약에 비명횡사한 바둑이를 애도하기 전에
공산당이 되어 포스터에 등장하였다

언젠가부터 쥐보다 사람을 무서워하고
사람에 치이고 쫓겨 다니는 동안
그것은 아예 꼬리를 감추었지만

쥐구멍에 볕들 날 기다리는 누구나
세상에 대고 찍소리 한번 못 내고
고양이 앞 쥐걸음하긴 마찬가지

그러다 어느 날 새끼쥐가
뱃속에서 꿈틀대기도 한다
산부인과에서 초음파 검사를 받는다
아주 발갛고 건강합니다, 의사에게
철분제를 처방받는다, 이제는

쥐가 머릿속까지 기어들어 찍찍거린다
자라나는 이빨이 가려워져
떠오르는 아무 생각이나 갉아 먹는다
쥐가 갉아댄 생각들도 쥐약에 취해
제가 쥐인지 바둑인지 우왕좌왕 우당탕

연탄집게가 정수리를 퍽, 내리친다

눈부신 언덕

언덕엔 벌판 향해 서성이는 사람들, 이름이 한 자씩 같은 사람들, 촌수 먼 아저씨 얼굴에 돌아가신 할아버지 입매가 웃고, 처음 본 아주머니 말소리에 큰고모의 쉰 음성이 내비친다, 아무도 말 걸지 않는, 치매 든 할머니의 마른 손을 붙드니 할머니에게 나는 사촌동생이었다가 이웃 청년이었다가, 돌고 돌아 잠깐 내가 됐다 지워진다

천막 치고 진설을 한다, 납골당 돌문 열자 바글거리며 햇빛이 들어찬다, 서랍처럼 정돈된 칸에 차례대로 적힌 이름을 열고, 하얀 노인 내외들이 부축하며 걸어 나온다, 기지개 켜고 후손들 얼굴 죽 훑어보다 상 앞에 좌정한다

술잔 올리고 사람들이 일제히 엎드리자 축문이 읽힌다, 교회 다니는 읍내 당숙, 할머니와 잎 떨어진 잔대만 서 있다, 그 옆엔 볼록렌즈처럼 빛을 모으는 봉분 하나, 거기서 빠져나온 할아버지가 향로 주위를 맴돈다, 점점 눈이 어두워지는 할머니 곁에 서 있을까

향불 끄고 술잔 부으면, 신장수술 받은 아주머니, 실직한 아재도 둥그렇게 모인다, 술 한잔, 얘기 몇 마디에 산 사람들 볼이 붉어진다, 시일 지나가면 다 여기 모일 사람

들, 불에 닿아 가루가 된 육신을 아파트같이 똑같은 평수에
입주시키고, 하얀 어둠 속에 두런거리며 마주 누울 사람들

　천막 걷히자 할아버지도 봉분으로 들어가고, 불러도 달
아나는 꼬마 하나가 누구를 보았는지 봉분 위로 올라가 깔
깔대며 발 구른다, 미끄럼 탄다, 어디선가 쿨럭쿨럭 기침
하는 소리, 목말 태운 어깨 떨며 무덤이 웃는 소리

　쭈그러들던 해가 반짝, 언덕에 조명을 켠다

고래를 찾아서

열일곱에 고래를 잡았다

허름한 병원 수술대에 누워 서걱서걱 살가죽 오리는 소
리 듣는 동안, 창턱으로 고양이가 지나가고 간호사들이 들
락대며 수군거렸다. 늦겨울 저녁 골목길을 기다시피 돌아
왔지만 그날 잡은 고래가 사람 잡았다. 고래가 출몰하는 새
벽, 바지 속에 경보가 울릴 때마다 자꾸 심호흡을 해야 했
다. 난폭한 그것이 심해로 사라지기까지

실밥을 풀고 고래를 길들이기 시작했다. 고래의 아득한
초음파에 허밍을 붙였다

○

시를 쓰지 않기로 작정한 날이었다

읽고 있던 『백경』을 재수학원 접수대에 깜빡 놓고 나왔
다. 바다로 가는 열차가 머릿속을 빠앙, 훑고 지나갈 때 깨
달았지만, 돌아서지 않았다. 고래 한숨같이 깊숙한 바람이
불어왔다. 어디선가 파다닥 두꺼운 책장이 넘어가며 바닷
물이 튀었다. 그 고래는 어디 갔을까. 검은 바다 밑을 헤엄
치고 있을까. 등으로 무지개를 내뿜으며 광기 가득 찬 에
이허브 선장을 기다리고 있을까. 누구도 흰고래의 결말을

알지 못하듯 나의 슬픔이 어디서 파도치는지 가늠하지 못했다, 오로지 고래 뱃속에는 무언가 끼적이는 잘린 손, 검지와 중지에 굳은살이 박인 미운 손

○

고래들을 본다, 울주군 대곡리 반구대에서

한 녀석은 작살이 옆구리에 박힌 채 유영하고 있다, 새끼 고래가 옆에 따라붙는다, 잘 있었니? 물으면 귀신 같은 음성으로 화답할 것은 귀신고래, 큰 입 벌리면 피노키오가 켜 놓고 간 촛불이 얼비칠 것 같은 범고래, 옛날 돌칼 든 사람들 피해 강 따라 난바다로 떠난 뒤 더 멀리 은하수에 헤엄치고 있을 향고래, 무리에 섞여 자맥질하고 빛살 튕기며 파도 타고 있을 돌고래, 먼 데서부터 돌고 돌아오는 고래들

갑자기 다리가 꿈틀대고 저려 온다, 아득한 음향이 울려 온다, 우웅 웅, 끊기다 들리는 고래 뱃속의 말, 쓰고 있어 노래?

주파수를 맞추기 시작한다, 나도 힘껏 꼬리를 흔들며

문

어머니 꿈에 어느 집이 잔치 여는지
마당에서 전을 부치고 고기를 삶았다
한 여자가 나와 좀 들어오라 손짓했다
문득 저 여자가 귀신이란 생각에
어머니는 못 들은 척 골목을 돌았다
어디선가 나타난 어린 외삼촌이
누나, 같이 가요 배고파요, 팔을 끌었지만
팔을 뺐다, 잰걸음으로 집에 다다라
대문 앞에 멈췄다

어머니가 들어간 심장외과 수술실
검고 육중한 문으로
환자 몇 명이 살아 나오고
몇 명이 흰 천에 얼굴 덮여 나오는 동안

외할머니와 외할아버지와 할아버지가
하늘에서 수술실 문을 붙들었다
며느리들 뱃속에서 콩이와 재학이가 문을 찼다
헤어진 해피와 뽀삐, 바둑이가 마구 짖어댔다
두고 온 유도화, 동백, 용설란, 난초가 빳빳해졌다

먹구름에 햇빛이, 빗방울에 눈보라가 들이치자
얼굴 노란 가족들이 그제야
문에 들러붙었다

두근, 두근대는, 녹슨 대문

앉은뱅이꽃

새로 칠한 초등학교 정문 앞
좁다란 골목에 기울어 가는 지붕
검푸른 이끼 담장 어루만지는 손

돌아가신 아버지가 쌓은 벽돌이야
열일곱 때까지 살던 집

마당에 골목에 피어나는 얼굴들
부르는 목소리에 활짝 대답하려다
저도 모르게 어깨 들썩이던 장날 떠올리며
그녀는 추운 장터를 걷는다, 문 잠긴 포목점과 식당
낮에도 불 켜진 부동산 사무소 지나
비닐 덧댄 단칸방 노인의 마른기침 소리
줄 묶인 개의 꺼칠하고 휑한 눈빛 피해

그녀는 마을 뒷길로 성산*에 오른다
말 탄 몽골군이 몇 차례나 할퀴어도 끝내 버텨낸 곳
세월이 주저앉힌 성벽에 포크레인이 멈춰 있다

죽주산성 성벽 위를 걷는다

죽산 들녘이 흐르고 황색골산, 남산 줄기가 일어선다
친구들과 뛰놀며 감자 먹던 치성雉城 근처에는
오로지 난공불락의 기억만 남아
바람 차가울수록 두 볼 뜨거워지는 저녁
성벽을 돌아 서문에서 바라본다,
큰길이 지나가며 버려도
키 낮은 앞뒷산이 그대로 감싸 피워내는
죽산의 흐린 불빛, 앉은뱅이꽃밭

* 죽산 사람들은 비봉산 동쪽 줄기에 있는 죽주산성 일대를 성산城山이
라 부른다.

칠장산에서

죽산에 있지만
대나무가 적은 산
가느다란 개천 흘려보내며
한적한 세월 나는 나이 많은 산

언젠가 횃불 들고 관아 습격하던 장사들을
산죽 틈에 숨겨 주었다
죽림으로 끌려가 참수당하던 천주교도들의
나지막한 기도소리 듣기도 했다
어느 날 포성도 잦아들고 동구나무 우지끈 부러지고
배급받던 소년들이 산에 올라 배고픈 메아리를 불렀다
한 소년이 자라 군화 조여 신고, 심장이 점점 뜨거워
져서
정상에서 마을로 내처 달렸다, 포탄에 주저앉던 윗말
공부방에서
공부하던 소녀 만나 같이 살았다, 타지에서 아일 낳았다

타지에서 큰 아이가 백두대간을 흘러 내려왔다
정맥 갈림길 찾아 이 산에 돌아왔다
고요히 바람에 귀 기울이다가

무성한 고함 소리, 발걸음 소리 새겨듣고
무참한 피냇물과 눈물의 골짜기 간신히 돌아
할아버지 같은 칠장산, 은은한 햇볕에
축축한 껍데기를 말린다

강물을 만나기 위해

한참을 고였다 여기까지 흘러왔습니다
회룡포예요
따가운 햇빛도 모르고
내성천이 감아 도는 모래밭에 서 있습니다

건너편에서 누가 아르방다리를 건너오는군요
물살에 잠길 듯 걸린 다리 한가운데서
가만히 물을 들여다봅니다
얼굴을 비춰 보고 있나요
다시 그가 출렁거리며
이편으로 끝없이 걸어오는 동안
물줄기는 서서히 내 몸을 통과하여 흐릅니다

어느새 그는 돌아서서 걷네요
흰모래밭 지나 산모퉁이로 사라집니다
그가 섰던 자리로 가 물살을 들여다보니
모르는 얼굴 하나 물 위에
흐릿하게 찍혀 있군요
출렁이며 살아나다 금세 떠내려가는
누군가 한없이 그리워했던 얼굴

내성천이 메마른 모래밭을 휘돌아
낙동강을 향해 흘러 나갑니다

3.

삼정에 날리는 눈

검은 구름 검은 눈

제설차가 지난 자리엔 뭉개진 바퀴자국
눈밭에 뿌려진 가는 흙모래

빗자루와 나란히 선 아저씨 옆으로
음정 아이 따라 양정에서 온 아이도
썰매 타고 미끄러진다
아슬아슬 모퉁이 피해 눈구멍에 쾅당,
부둥켜 뒹굴며 까르르르
하정에서 올라온 나도 어느새 웃고 있다

아저씨는 벽소령 길가
수그러진 지붕을 가리키며
저 집에서 태어나 여태까지 용케 살아왔다고
전쟁 땐 군인들 몰려와 죄 없는 사람 죽이고 집들 불태
웠다고
세월이 죄라고
눈 위에 엉킨 눈을 연신 쓸어내신다

아이들이 지나간 비탈 위로
또다시 날리는 눈, 눈
길 속에 스며든 무수한 발자욱들 더듬다
당나무 가지 스쳐 불빛과 집터를 맴도는가

산 이는 눈을 맞고
죽은 이는 검은 눈발이 되어
아득하게 흩날리는가

갈재마을

흐르는 산줄기가 아주 낮아지다
갈재마을 약수터 조롱박 속에 출렁인다

닫힌 듯 열려 있는 대문들 지나
구판장 아주머니 옛이야기 속에서
억새가 다시 신작로를 뒤덮고
고리봉 넘어온 발소리 뒤로 총성 울리자
지붕 위로 활활 타오르는 불길

억새 속에 숨죽이며 엎어져 있던 사람들
잿더미에서 총탄 맞은 남편 붙들고 울부짖던 사람들
그중 몇 사람은 살아남아
마을회관 툇마루에 쪼그리고서
처음 보는 길손에게 봄빛 같은 눈빛 보낸다

녹았다 어는 잔설 위로
행인 걸어오고 버스 달려가고

피 머금은 산줄기는
마을 뒤 노송에 매달려 흔들리다

우수수수 억새 우는 소리를 낸다

무풍

기침이 멈추지 않는다.
폭설, 폭설
고개 넘는 지방도로는 죄다 통제
제설차가 낸 길로 덕산재에 오른다.
으슬으슬 추울수록 대덕산이 높아 보인다.

이정표 옆에서 참깨라면 끓여 먹고 바람에 입가심하고
스패츠와 아이젠 착용한 눈 산책 조금. 되돌아 내려가려는
데 도롯가에 검은 차가 멈춘다. 깡마른 남자가 혼자 배낭을
툭툭 털어 매고, 경사진 대덕산 눈길로 올라선다.

고갯길 내려가 무풍면사무소에 차를 댄다. 어디를 둘러
봐도 다 산. 산이 품은 너른 들녘 마을. 중앙 통에 들어간
다. 문 열고 장사 안 하는 식당만 계속. 평화식당 주인이
망설이다 손님을 받는다. 짜장면 시키고 맥주는 알아서 꺼
내 마시는 동안 길거리에 차 한 대 지나가지 않는다. 눈 때
문인가? 중얼대자 주방에서, 옆으로 난 외곽도로 때문이구
마. 눈이 아니라 새 길이 사람을 막는구마.

산줄기가 외적 막고 전염병을 막아 준 곳. 푸짐하게 눈

덮인 무풍초등학교 운동장이 비어 있다. 멀리 저무는 햇빛을 받아 대덕산이 붉게 빛난다. 지금쯤 대덕산에 오른 이는 무엇을 바라볼까. 떨어지는 해 끌어안고 대간 따라 흘러가고 있을까. 무풍, 무풍, 바람이 차다 몸이 뜨거워진다, 무풍, 무풍, 갈 길이 멀다 솟구치는 바람을 타자, 무풍, 무풍, 이마 위로 뻗은 대간을 이정 삼아, 아직도 굽이치고 있을 붉은 한 사람을 마주치기 위해

황악산에 오르면

김천 말투로 일요일을 일뇨일이라던 소년
체육시간엔 등나무 밑에서만 있던 약골
심드렁히 내 시를 읽어 주던 어린 비평가

회사원에 산악회원이 되어
금융위기와 불황을 잘도 타고 넘었는데
회사 파산하고 가족 흩어지자
아예 종적을 감춘 친구

형제봉 지나 황악산에 오르면
솟아오른 대덕산 민주지산보다
저 아래 김천 시내가 어른거린다

고될수록 장난스레 웃던 그 친구
어디에도 풀지 못한 가슴 속 응어리로
무수히 떠돌 누군가의 친구들

줄기차게 이어지는 대간길
황악산 정상에서 맴돈다

끝없이 출렁거리네

알 수 없이 벅차 오는
내 속에 내 것 아닌 숨결로
산이 받쳐 올린 능선길을
황송하게 걷네

비로봉 지나온 이 길을 따라가면 선달산
선달산 능선은 물결치며 아득히 이어지네

떨며 울며 피 흘리며 걸어갔을 사람들
능선 따라 지나갔을 무수한 걸음들 위로
햇살 쌓이고 바람 불어오네

흔들리는 금강송 우듬지에 마음을 얹고
나는 발걸음만 달음질치네
능선 놓치고 뒤엉킨 비탈길에 들어
멈칫멈칫 부석으로 흘러내리네

산기슭 과수원에는 뙤약볕에
설익은 사과들만 매달려 있고
철근으로 받친 부석사 천왕문 앞에서

관광객 행렬에 내가 막 섞이기 전

앞산 너머 산 그 위로
능선길이 끝없이 출렁거리네

흰수염 아이
– 태백산에서

거제수나무 곁
내가 개미
내가 두꺼비
내가 쇠딱따구리

산 위에서 밑에서
우박비에 쫓기다

커다란 양팔 품에
깃들수록 세어만 가는
나도 풀
나도 바위
나도 거제수 아이

전나무 아래로

마을이 떠났다

빈터에 서성이던 눈발이
아이들을 기억하려 읊조리는
허밍처럼

끊어지다 은은하게 이어 가는 사이
시린 햇빛 내리고 만항재
흰 숲이 반짝거릴 때
네가 남겨 두고 떠난 길을 걷다
후둑,
목덜미에 부서지는 눈덩이

누가 흔들었을까
저 높은 가지에 올라

고한에 뜨는 해

도박판 금을 캐다 밑천 날린 아버지들이
칼날 같은 능선에 매달려 넘던 곳

금대봉에서 번져 오는 바람에
금마타리 묶은 홀씨처럼 날려 온 나도
폐광촌 탄가루에 섞여 두문동재 넘는다

높은 철길 낮은 텃밭 지나
검은 사택 금 간 담벼락에
아이들이 그려 놓고 간 샛노란 해
두 눈 아리게 타오르고

그 해 마주 보고 금마타리 피기도 전
막장 같은 내가 피어난다
피어나는 나와 나 사이 뚫린 골목에서
스르륵 들창 열리고 개 짖는 소리 퍼질 때
잡풀 사이 녹슨 그네들이 삐걱거리며
대간 위로 떠오르고 떠오른다

백두대간 임계장터 구간

햇빛 위로 천둥 뒤흔드는 한낮
쌓여 있는 감자, 오이, 풋고추 사이
흙탕물 튕겨대는 빗방울

산나물 보따리 이고
오솔길 내려오던 할머니 따라붙다
처마 끝에 가물대는 산줄기

이름 없는 능선과 봉우리가
비바람에 다시 몰려와
좌판 뒤 철물장수 아저씨의 거친 손
물기 밴 너털웃음과 어진 눈 지나
공터 위로 높은 길을 낸다

으르렁대는 먹구름 따라
몰려올 때처럼 빗줄기 몰려가고

길거리에 송글송글 맺혔다가
또르르르 굴러가는 아이들
왕왕대는 소리 너머 대간 향해 너울거리는

하얀 천막 푸르른 숨결을 타고
말갛게 씻긴 능선이 능선을 이어 흐른다

못을 뽑으며

전시사진 남겨 놓고 원주민 흘러간
안반덕을 굽이굽이 내려와
타이어에 박힌 나사못 두 개 뽑고
삽답령 넘어 불 꺼진 임계를 지났습니다

흑백으로 남은 지난 일 떠올리며
석병산을 머리맡에 두고 눕자
그날 다녀온 사천 바다가 출렁거렸습니다

이미 빼 내버린 줄 알았는데
가라앉은 나사못이 쓸려 다녔습니다

검푸른 파도가 산비탈 넘어
고랭지 배추밭을 씻겨 가는 동안
누구의 별자리인지 모를 하늘의
구멍 몇 개가 유난히 반짝였습니다

닭목이 새벽

울타리에 우산 세워 놓고 읍내 나가신 할아버지
빗방울 흠뻑 어깨에 묻혀 돌아와
할머니 핀잔 속에서도 연신 주름으로 웃으시고

비구름 뚫고 닭목재 넘어온 나는
해 떨어지는 채소밭 앞에서 두리번거리다
할아버지 환한 얼굴 속에 파묻힌다

여쭙지도 않은 농사 얘기며 읍내 얘기
차례로 풀어놓으시는 할아버지
학생들로 들썩이던 지난날 산골마을 얘기에선
말소리가 바람 몰아 말을 달려 나간다

고쿠민갓코*에서 일본 노래 배우고
인민학교에서 김일성 장군 노래 부르다
군인들 들어와 숲에 불 지르고 나간 뒤
노래 고쳐 부르던 학교가 어느덧 폐교되고
그 많던 이웃들 죄다 타지로 몰려 나갔다고
한번 나간 자식들도 이젠 남이라고 하실 땐
고랑 진 웃음 속에 검버섯 일렁인다

76

할아버지를 다시 뵙기로 하고 그만 잠든 밤
훈풍이 문짝을 흔들다 간다 닫힌 문 틈새로
시간이 지나가고 사람 그림자가 지나간다
지나간 것들 모두 어둠 속으로 빨려 든다
문득 외롭고 서글프다가, 세상도 한 점으로 줄어
막 지워지려 할 때 어디서

꼬끼요오-
새벽을 찢으며 퍼지는 소리

* 일제식 국민학교.

바람 위에 한 발

바람을 버티다 바람에 기대야만
겨우 걸어진다
눈도 쌓이지 않는 고원

돌아보면 눈부시게 펼쳐진 강릉 시내
비행운이 선명하게 가르는 하늘
이 하늘로 다시 미사일과 포탄이 날까?

산 밑으로 남과 북의 정치인들 바삐 오가고
올림픽 폭죽 터지면서 환호성 울리는 동안
칼날바람이 멎지 않는다

아까 고꾸라졌던 눈구멍 지나
뱅뱅 둘러 가는 것 같은 대관령에서
바람 위에 올려놓는 한 발

선자령 배추밭

차들이 줄지어 「가을동화」 촬영지로 가는 동안
목부 아저씨가 걸걸한 목소리로 일러 준 갈림길에 오
르자
나무 색깔 깊어지고 심란하게 풀들 술렁이네

선자령,
풀밭에 엎드려 흐르는 산물결로 두 눈 씻으면
가슴 얼얼해지다 한없이 가라앉는 곳

커다란 까마귀들 날 저물수록
나뭇가지 휘어지게 날아들고
아무 갈림길로나 방향 틀자
산정에서 고랭지 배추밭과 마주치네

탁 트인 허공
반나마 땅에 묻혀 널려 있는 배추들

여름 내 타지에서 흘러와 씨 뿌리고 거름 주다
실한 배추들은 경운기에 실려 보내고
짓무른 배춧잎 봉투 빈손에 움켜쥔 채

선자령 넘어 어디론가 방향 틀다
흘러가 버린 사람들

흙에 묻힌 푸른 잎사귀들이
밀려드는 누런 어둠 속에 파닥거리네

빛나는 소리

빗물이 구불구불 흐르는 구룡령에서
양양 쪽 하늘로 반짝 해가 비친다
서림에서 조침령 올라 시동을 끈다
길가 좌판에서 갑자기 웃으며 인사하는 여자
집에 둔 아이들 잠도 안 깼을 평일 아침

조침령 옛길은 풀이 자란 굽은 길
예전엔 여기가 찻길이라고
모퉁이마다 기울어진 해골 밑 절대서행 표지
사진을 찍자 추락위험 가리키며 웃는 일행
단목령 가는 길은 좁다란 꽃길
길이 확 꺾이는 데서 굴속 같은
나무 넝쿨 사이로 빛이 트인다
멀리서 눈부시게 너울대는 양양 바다
그리운 짠내, 비린내 넘어오고 넘어가고
약초, 서신 든 등짐 내려논 이도 수평선 보며
제비새끼들 같은 식솔 떠올렸을까

고개 내려와 진동리에 들어간다
기린초등학교 진동분교로 꺾어 든다

빈 운동장에 노니는 햇빛

수돗가에 아이들이 방울토마토를 씻고 있다

도수 높은 안경 낀 저학년이 대야 물을 버리다

우르르 토마토가 쏟아진다

구르는 빨강 파랑

두고 온 빛나는 웃음소리

어떤 오대산

소황병산, 노인봉, 동대산이 바라보이는
비로봉 표지석 앞에 사진 차례 기다리는 일행을
한참 기다리다가 내려간다
적멸보궁 돌계단 따라 돌스피커에선 불경소리
등산객과 신도가 뒤섞여 걷는 눈 다 녹은 길
상원사 화장실에서 아이젠을 뺀다
상원사 동종 비천상을 볼 새 없이
차들이 줄지어 선 숲길을 빠져나간다
진고개로 방향을 돌리기 전
오늘 새벽 날이 새며 들던 길편을 바라다본다
고속도로 눈발 뚫고 톨게이트 지나자
꿈결같이 새하얗던 진부 거리
자동차와 건물도 눈 뒤집어쓴 짐승들
막 잠 깨려는 싱싱한 길 위로
달아나려는 눈구름 위로
외딴 암자 문풍지에 파르르 떨던 능선
신발에 새끼줄 묶고 넘어지며 걷던 산턱
표지석도 없이 온통 눈이 아리게
두근대며 떠오르던 그 오대산

산속의 수평선

일주문도 대웅전도 없이 검은 탑 하나
덩그러니 서 있는 진전사 터

대청봉이 내려 준 개천에 발 담그지 못하고
탑에 새겨진 불상 옷자락을 펄럭이게 하는 바람의 말
알아듣지 못하면서

무너질 것 남아 있지 않은 둔전계곡에
사라지지 않은 무언가를 찾으러
맥박치고 있을지도 모를 무언가를 만나러
흘러왔을까?

물소리가 멈춘다
돌탑 위로 출렁거리는 동해 바다

냉기가 향기롭다

새벽빛에 깨어나는 눈빛
앞서간 사람들 말소리도 끊기고
깊숙한 발자국만 토왕성 빙폭으로 향해 있다

세찬 바람은 협곡 아래로 불고
돌아보면 눈, 눈절벽
어디서부터 혼자 나는 걸어왔을까
눈발에 이정표 꺾이고 묻힌 길을
얼음장 물소리 따라
회오리치는 찬 햇살에 끌려
올라왔을까

휘청, 미끄러져
무릎까지 빠진 다리를 꺼내다
지나간 발자국에 내 발자국 포갠다
언 발자국들 문득 줄이어
산정으로 흘러 흘러 오르고
섞여 드는 말소리, 웃음소리에
우웅 웅 울려드는 빙폭의 숨결

눈길 지나 얼음길
얼음길 지나 허공길
솟구치다 아찔하게 끊겨 버리고
먼 곳으로부터 날리는 눈발 속에서
이 겨울이 향기롭다

오세암으로

1
깊은 밤

등은 끓는데 코는 시린
절간 방

문밖에 누가 스친다

몸이 곯아떨어지고
잠념이 말똥말똥

스슥, 스스슥

세상 피해서 누가?
세상에 속은 김시습
세상에 상처받은 한용운 말고

적막한 절간에 누워
들들대는 가슴 쥐어뜯으려고
세상 밖에서 자기를 들여다보고

키득키득 헛웃음 삼키려고

방문을 연다
속이 훤한 설악산

2
첫눈

아득하다

눈발과 눈발
나무와 나무
사람과 사람 사이

옆에 있어도
멀리 돌아가서 말하고
멀리 돌아와서 끄덕이다
두절된다

산과 산 아래 사이

누가 드나들까

3
귀를 때리는 눈발

내년에나 눈이 녹을 거라고
늦기 전에 떠나라고
스님 한 분 백담사로 내려갔다고

방한모 신고 등산화 쓰고
허둥지둥 암자를 나서지만

퍼붓다 쌓이다 솟구치는 눈
갈 길이 온통 허공

눈 무게 못 이기고 쓰러진
아름드리나무 돌자
희미하게 반짝이는 발자국
수렴동 계곡으로 나 있다

발자국에 쌓이는 눈, 눈소리
들릴 듯 들리지 않는 낮은 음성
얼얼한 채 뜨거워지는
그 사람의 숨결 좇아 한 세상으로
앞선 발자국에 내딛는
한 걸음

상봉

동해가 받쳐 올린
봉우리는 구절초
꽃밭

안개에 햇빛이 젖는
돌밭

포탄에 깨져 뒹굴다
엎드린
산

삭지 못한
돌과 뼈가 쌓아 올린
무덤

포성이 쉬고 바람이 쉬어 가도
묵은 울음 넘겨야 간신히
산줄기가 이어지나

하늘과 바다 사이
무더기로 솟아
막 피려다
언
봉오리

흘리

1

흘리에 갔다. 한여름이었다. 대간종주기념비들을 지나 산마을에 들어섰다. 비닐하우스와 문 닫은 스키대여점이 늘어서 있었다. 구멍가게도 사람도 보이지 않았다. 마산봉으로 뻗은 슬로프가 풀에 덮이고, 창이 휑하게 뚫린 리조트 건물이 땡볕을 들쓰고 있었다. 하늘에서 아이들이 스키를 타고 내려왔다는 분교 운동장은 비어 있었다. 흘1리, 2리, 3리를 돌아 다시 진부령에 내려왔다. 향로봉으로 통하는 군부대 입구를 바리케이드가 막고 있었다

2

흘리에 간다. 함박눈이 내린다. 고개에서 눈에 파묻혀 오래 서 있으면 흘리로 가는 눈길이 열린다. 흘리는 정말 눈세상이다. 비닐하우스도 스키장도 없고 마산봉으로 가는 눈 사면만 반짝인다. 굴피 지붕 연기가 휘어진다

마을 뒤 마산봉에 올라간다. 사위를 빙 돌아 신선봉과 향로봉을 잇는다. 향로봉 너머 이어진 다른 산들을 그려본다. 다른 산에서 흘러들어 온 흘리 사람들이 그러듯이, 다시 추워진다. 마산을 내려간다. 여전히 굴뚝 연기가 피어오른다. 아이들이 스키를 메고 학교를 나와 줄지어 걸어

간다, 아이들은 스키 끝에 흘리를 매달고 산 위로 미끄러
지듯 올라간다, 석양에 묻히는 아이들을 따라 산등성이로
흘리가 아주 사라진다

   3
   흘리에 가면 흘리가 없고
   눈 속에 갇혀 길을 잃어야 열리는 길
   대간이 끝났다 다시 시작하는 곳
   스키를 타고 야, 야, 내지르는
   아이들 함성 속에 피어나는 마을

   아이들 소리가 바람에 실려 온다
   아이들이 오기 전에 떠나야겠다
   산줄기가 달려가는 어딘가 숨어 있을 마을
   또 다른 흘리로
   눈발이 지우면서 살아나는
   영영 사라지지 않을 흘리로

까마귀 날개

군부대 바리케이드 사이
살얼음 위로 트이는 길

야삽도 소총도 없이
맨몸으로 걸어도 몸이 쳐지고

8부 능선 작전도로를 당기고 당겨
둥글봉에 이르자 빙빙 도는 하늘
새까만 까마귀 떼

뒤엉킨 철조망 사이
뻣뻣한 군인들 지나
야전교회 빨간 십자가 옆에
향로봉이 대공초소를 이고 있다

향불 연기 같은 새털구름
흘러가는 북녘에
금강산 비로봉이 비치지 않아도

백두대간 타고 온 타는 눈빛들

철책 너머로 온몸 기울여
그려 보는 가느다란 길

까마귀 날개가 휙
향로봉을 덮어 버린다

대간에서 만나는 사람

햇살 속에서도 덜덜 떨리는 어깨를
찬바람이 치고 가는 옥류동

등짐 지고 다리를 건너
구르는 옥빛 물소리에 휘감길 때
검은 얼굴, 앙다문 입술의 북녘 사내가
나를 획 앞질러 간다

그의 뒷모습 놓치고 허위허위
관폭정에 다다라
칭칭 싸맨 시화를 펼쳐 놓는다

서성이던 바람이 우뚝 선다
가쁜 숨 차분해지고
폭포소리에 시화 속 바위, 나무만 술렁인다

그가 다가와 시화 앞에 선다

팔짱 풀고 시구 따라
오대산 설악산 거쳐 향로봉에서

금강산으로 자꾸만 돌아오고 있다
그의 어깨 위에 반쯤 걸친 햇살 대신
각진 얼굴 부드러운 눈망울이 주위 햇살 받아내어
슬쩍 내 눈과 마주칠 때마다 온기를 전해 준다

젖은 몸이 훈훈해질 틈도 없이
뒤섞이는 말소리, 폭포소리 사이로
등만 보인 채 그가 비탈길로 올라간다

꿈틀대던 시구들도 풀이 죽고
서늘한 그늘이 시화에 내려앉기 바로 전
그가 다문 입술 터트려
"오오" 하며 읊조린다

"지리산에 살다 죽어도
백두산에 살다 죽는 한 핏줄이여"*

* 신대철 시인의 시 「금강산에 살다 죽어도」 중.

삼일포

그대와 호숫가를 거닐다
팔랑대는 붉은 잎 사이 눈길 마주치면
그대는 의아하게 바라보고
나는 머뭇대기만 하네

숲그늘을 걸어오는 바람보다 나지막하게
고향이 남쪽 어디냐고 묻는 그대 목소리에
물결이 동해 향해 서서히 흔들리다
흔들리다 그대에게 가 닿네

호수를 빙 돌아
다시 반쪽 그림자 겹쳐지면
나는 그대 발치 타오르는 물결로 일렁거리고
그대는 시원하게 동해 바람 불러오네
물결 잠재우고 짙푸르러오는 호숫빛
눈빛만 새겨 두고 사라지네

천지에 봄 오기 전에는

가랑비가 진눈깨비로 바뀌는 동안
검은 땅에 흰빛 두른 자작나무들
모여 있어도 혼자 서 있네

혼자 가다 뭉쳐 걷는 백두산
눈덩이 쏟아지고
폭포 부서져 내려도
한 줄로 뻗어 솟아오른 절벽길

승사하 따라
야생화 천지일 천지가엔 눈밭길
푹푹 무릎 빠지면서도
백두산 하얀 천지 하얀 연봉에
눈길 붙박이네 기둥처럼 온몸 굳네

끌어안듯 천지에 붙어 선 사람들
화끈대는 가슴속 불덩이가
얼음 덮인 천지를 어른거리네
발치에 서서히 녹아내린 물줄기가
폭포 만나 만주벌 송화강으로 흐르고

눈바위 틈 피어오른 수증기
구름 되어 달리다 제비꽃 핀 지리산 마을
빗방울로 떨어진다면

빗방울 맞은 이가 누구든
정수리가 얼얼해지리
눈과 언 햇볕 사이 꽃망울 트고
얼어붙은 천지
천지 풀리기 전에는

4.

참꽃마리

햇빛 없이 자란 꽃

무너진 막사
칡넝쿨 우거진 우물가에 피어난
참꽃마리

뒤집히는 파도에 실려
실미도 모래밭을 기어 온 사람
물 한 모금 삼키고
반짝이는 아기 눈물 같은 꽃잎에
이글대는 눈빛 가라앉혔을까

가라앉히지 못해 안개 낀 갯벌 떠도는 영혼

총성도 비명소리도 잊고
그늘진 풀섶에서만
안 보이는 별빛을 두 눈으로 받아
휘청거리며 피어난다

답곡리 묘역

1
통일로를 벗어나자 좁아지는 도로
햇살이 들어차도 거리가 밝아지지 않습니다
지도 속 길과 궤도 자국 난 길을 번갈아 타고
군용차를 따라가다 들어선 논길
솔개가 빙빙 공중을 돌고 있습니다

도랑 건너 두근대며 둔덕을 오르자
눈앞에 나타나는
묘역 푯말

낙동강 전투 북한군 25
1·21 사태 무장공비 30
대한항공 폭파범 1
동해안 무장공비 1

군인들은 계급과 이름 혹은
無名人이 새겨진 흰 말뚝을 세워 놓고
들꽃 자라난 자그마한 무덤 속에 누워 있습니다

2
전차 궤도 자국도 선명하게 얼어붙은 새벽,
문산, 연천 간 대대 진지이동, 이동 중 포탄사격, 기동,
기동, 휴전선에 가로막힌 대열을 돌려 법원리로, 파주로
안 보이는 적을 향해 우리는 포탄을 쏘아 올렸고
까마득한 평양을 향해 북진, 북진했습니다

일 년 열세 달 사람을 죽이는 훈련,
악몽을 뒤집어쓴 채 군대에서 뿔뿔이 돌아온 후에도
어디선가 날아온, 포탄이 후비고 간 마음 구덩이에
흙탕물이 괴어서 출렁거렸습니다

그 흙탕물 내려앉히고
우리가 홀가분한 개인이 되더라도
갈라진 이 땅에서
새 숨 내쉬고 바람 맞아들이며
씨 뿌리고 추수하는 일조차 결국
포탄을 쏘는 일과 다르지 않았습니다

하루종일 포탄소리 울려오는

답곡리 묘역,
저려 오는 가을볕에 흔들리는
들국화도 나를 흔들어 무너뜨리고

북녘 향해 엎드린 無名人들 사이
흐릿하게 이름 찍힌 내 무덤도 파여 있습니다

강정에서

눈발이 강정을 향해 날린다

무거워지는 눈발에 묻혀
차단벽 끼고 마을에 들어선다
대문마다 해군기지 절대반대 깃발
침범자는 가만두지 않겠다는 벽서
멀리선 구럼비해안 헤집는 중장비들

햇살 비치고
데모 행렬 지나가고
방파제에 매달려 바라보기에는
어처구니없이 맑아서 위태로운 바다
얼굴 검은 해녀 할머니들과
연산호, 붉은발말똥게의 바다

다시 눈발이 날린다
강정에 내리는 눈은 쿵쿵, 떨어진다

매향리梅香里에서

땡볕이 달구는 황톳길
풀섶에서 바글대는 개미 떼
대형 황색깃발이 해풍에 몸서리친다

지붕과 논밭을 뒤흔들며
그대 머리 위로 폭격기가 맴돈다
뜨르르르륵, 쿵, 쾅,
그대 머리는 아직 붙어 있지만
잘려 나간 몸뚱이에 폭탄 쏟아지는 농섬
갯내 대신 화약내가 뜨겁게 밀려 닥치고

정적 속에 날아든 잠자리 떼
사라진 매화나무 가지를 돌아
갯벌에 솟아오른 불발탄에 내려앉는다

색 바랜 대책위원회 간판 앞에는
일상처럼 굉음에 노랫소리 섞는 아이들
철조망에 붙어 서서 흙먼지 털어내는
등 굽은 할머니의 검은 주름 위로
끝없이 트럭들은 달려 오가고

하늘을 찢어발기며
낮게 깔린 구름 아래로 폭격기가 빠져나온다
갯벌처럼 가로누운 그대
맨가슴을 조준하고서

아주 특별한 세상

무너진 집들 사이
강아지 짖고 식구들 반기는 집에서
할머니 억장이 다시 무너진다

이대로 쫓겨날 수 없다고
주먹 치는 가슴에 펄펄 끓는 불
그 불덩이로도
도두리
철조망에 싸인 논
얼어붙은 벼 살릴 수 없기에
할머니는 방바닥을 치다 가슴을 치고
가슴을 치다 눈물 말라붙은
찬 벽에 돌아앉는다

전쟁 없는 나라도
할머니가 바란 세상이지만,
피난 가듯 쫓겨 간 이웃 황새울로 돌아와
그저 함께 농사짓는 세상
파리, 모기가 조금밖에 없고
노총각, 노처녀도 별로 없는 세상*

평범한 세상을 꿈 같은 평화로 알고 사는
할머니의 안방을 부수고
할머니 시퍼런 가슴까지
무너뜨리는 세상은?

* 미군기지 이전 예정지인 도두리의 한 집 벽에 "전쟁/파리 모기/노총각 노처녀 없는 세상"이란 문구가 씌어 있었다.

대추리

꿈에 자주 빈 들판이 보여요. 나주 지나다 본 갈색 구릉
벌판이 아니고, 조침령 가다 본 바람불이 억새밭도 아니에
요, 사람이 쫓겨난 땅, 목숨 붙어 있는 건 기계가 쓸어내
고 파헤친 땅, 찬바람에 뚝뚝 끊어지는 붉은 울음소리 떠
도는 들판이에요

꿈결 따라가듯 낯선 길을 찾아가요, 온통 안개뿐인 38
번 국도를 지나, 안성천 따라 돌다 마을로 들어서는 언덕
에 멈춥니다, 여기서부턴 햇살도 따뜻하지 않아요, 구름도
나무도 솟대도 싸우고 있어요, 마을로 들어설수록 지붕도
벽도 다 싸우면서 버티고 있어요, 함성과 비명이 동시에
울리고 있어요, 마주친 아주머니, 아저씨 눈에 핏발이 서
있어요, 그 얼굴 그 눈망울 마주치면 와락 눈물 쏟아져요

논엔 철조망, 돌멩이로 뒹구는 집들, 누구나 대추리로
가고 있지만 곧바로는 갈 수 없어요, 안개 낀 물길 돌면 어
디나 대추리지만 대추리는 거기 없어요, 신음 속에 어디선
가 건물이 쿵쿵 무너지고 지축이 흔들립니다, 논둑을 넘어
온 무한궤도가 대문을 부숴요, 거실을 무너뜨려요, 골방을
뒤흔들다 꿈속까지 쳐들어와요, 대추리에서 나는 끝없이

대추리로 도망을 쳐요,

철원 1

장마 끝물
빗방울 매달고 달려온 길
북쪽으로 드넓은 들판 뻗어 있고
서성이는 뭉게구름 틈으로 푸른 하늘 번쩍이는데
대전차 장애물 앞에서 군인이 차를 막아 세운다

노동당사 광장에는
서너 대의 관광버스가 멈춰 서서
학생들이 소란스레 사진을 찍고는 황급히 떠난다
나머지는 거의 노인들이다, 씻기지 않는
평안도 사투리도 들려온다
음절마다 빗물이 묻어 있다

철원은 폐허다
폭격 맞은 시가지를 고라니가 뛰어다니고
무수한 발목지뢰 나뒹굴고 있을 뿐
남쪽엔 철원 이름 나눠 가진 갈말, 동송이 있을 뿐
폐허가 아닌 체하는, 더 남쪽
매연 부글대는 또 다른 철원이 도사리고 있을 뿐

검푸른 바람 스치자
옥수숫대 위로 새들이 넘실거린다
정지했던 구름이 서서히 흐르기 시작한다
언덕에 나란히 앉은 평안도 노부부의 어깨 너머로
어른어른 철원평야가 떠오르다 잠기고

이름 모를 유골들이 묻혀 있던 방공호 터에
개망초꽃은 무더기로 피어나
포탄 구멍 뚫린 노동당사 건물이
햇빛 속에서 주룩주룩 빗물을 흘리고 있다

승일교*
- 철원 2

협곡 아래로 꽂히는 햇빛이
물살에 섞여 요동치는 한탄강
낡은 시멘트 다리 위를 걷는다
昇日橋가 천천히 承日橋로 바뀌기 전에
래프팅 보트 요란하게 지나가고
줄 이은 차량 경적 몰려온다
다리 끝엔 붉은 차 옆 붉은 셔츠 입은 늙은 해병들
같은 강물을 굽어보다 잠든다
나는 뒤돌아 다리 한복판에서 선다
군화 소리, 전차 소리 되살아나기 전에
철책 지나 협곡을 돌아드는 뜨거운 바람
아무리 걸어도 이어지지 않는 승일교가
울컥대며 북쪽에서 흘러온 강물에
총탄 맞은 교각을 씻긴다

* 승일교는 전쟁 때 남북이 서로 진격하면서 반반씩 지어 완성한 다리. 지금은 당시 전사한 국군 연대장의 이름 '朴昇日'을 딴 명칭으로 표시되어 있지만, 철원 사람들에게 '李承晩'과 '金日成'의 이름에서 한 자씩 딴 '承日橋'로 불렸다.

한탄강
- 철원 3

어디서 생겨나 어디까지 굽이치는지 한탄강은 휘돌면서
흘러간다. 낮아져 평평하던 강물이 승일교 지나 콸콸 내리
쏟고 고석정 앞에선 부글부글 끓어오른다. 함경도에서 서
울 가던 공물 빼앗아 백성 나눠 주던 임꺽정, 절벽 위에서
응어리 맺힌 가슴 강물에 비추었던가. 그의 은거지엔 매표
소 들어서고 임꺽정은 그 앞에 우람한 동상으로 서 있다.
탁한 강물 위로 보트 떠다니고 상류에선 장맛비에 지뢰만
실려 오는 한탄강.

내가 강물이 되어 물살 거슬러 굽이굽이 올라가 볼까,
물에 비친 조각나고 일그러진 실향민 얼굴 뭉쳐 보면서.
철책에 찔리고 협곡에 깎이며 숨차게 다다르는 평강고원,
돌투성이 감자밭을 지나가면 덩달아 맑아질까. 높새바람
높이 불 때 물소리로 자작나무 실뿌리에 속삭여 볼까. 밭
갈고 돌아오는 아저씨의 지친 발목을 선선하게 적셔 볼까.

흰 구름 낮게 흘러가는 고원에서 이번엔 마음 놓고 아
래로 흘러가 보자. 마을 돌고 초소 지나 물살 쳐다볼수록
가슴 터질 것 같은 고석정 곁도 눈 감고 흐르자. 핏물 고
이던 여울과 화약내 자욱하던 돌밭도 씻으면서 흘러가자.
철원평야 지날 때 논둑으로 비켜서서 혼자 걸어가는 강물
을 멀리서 바라보자.

흐르던 한탄강이 뜨겁게 흐른다, 북쪽에서 달려와 온몸
으로 끌어안는 임진강으로, 잔잔히 울먹이다가, 스스로 경
계를 지우면서

군락

북에서 흐르는 남대천 따라가는 길. 앞산 군사관측소 너머 오성산이 아른거린다. 막힌 길을 돌자 대전차 장애물 사이로 좁아지는 도로. 양편으로 눈부시게 노란 꽃 핀 애기똥풀이 모여 있다. 저절로 꽃들에 다가서다 철조망에 지뢰표지에 부딪친다.

천천히 생창리로 들어선다. 아이들 소란스러운 공터. 생창상회 아주머니, 한가하게 아이들 바라보다 마주치는 눈길에 봄볕 묻어난다. 아랫동네 내려왔다 길이 막혀 헤어진 가족을 오십 년 동안 그리워하던 친정아버지 얘길 하다, 성탄절 관측소 방문 때 하나도 안 변한 고향 마을을 글썽이며 바라보던 얘기에선 봄볕도 그만 그늘에 진다.

그늘 안에서 무언가 고개 내민다. 가는 다리 휘청이다 낯선 눈길에 부들부들 몸 떠는 새끼 멧돼지. 산 밑에 버려진 걸 아주머니가 감싸서 데려왔다는 새끼 멧돼지. 눈길 익숙해지자 조심스레 손바닥을 핥는다. 바동거리며 우유통을 빤다. 어느새 아이들도 웃고 떠들며 멧돼지를 둘러선다. 노랗게 군락을 이루고 있다.

평래옥 냉면

평양을 피양으로 발음하는 사람들이 오는 집
머리가 하얗고 혈색 좋으며
느릿느릿 걷다가 지인이라도 만나면 덥석
손을 붙잡는 이들의
크고 붉은 손등

아쉬울 것도 다툴 것도 없는 여생을
을지로3가 지하도 건듯 한적하게 지나
누구에게든 주름살로 웃어 보이며
아무렴 그렇겠지요, 고개 끄덕이다 서로
냉면 그릇 권하는 저녁

평양에서 와서 평래옥이라는 집에서
긴 면발을 주억대며 건져 올리니,
뚝 뚝 끊어지기 잘하고
맹맹하고 은근하게 구수한 것이
목구멍 타고 구물구물 휴전선 지나가
대동강 멀건 물에 씻겼다 을밀대 난간에 척 널린 뒤
들끓는 가슴으로 익혀 식은 눈물에 헹궈진 채
동치미 육수에 다시 둥글게 말려 나와서는

육십 년 동안이나 허한 뱃속으로 꿀꺽
잘도 넘어갈까

거뭇하고 졸깃하고
냉랭허니 어드렇게 쨍한 거이
오마니, 오마니가 살아오신 거 같은
은빛 그릇 앞에 두고

부케

통문 너머 철책을 따라
임진강 강가를 걷는다
황사 낀 한낮 얼굴 벌건
생태탐방객들에 섞여 간다

팔끼리 닿지 않을 듯 닿을 듯
나란히 앞서 걷는 두 사람
따로 강물을 내다보아도 마주 보고
따로 북녘을 바라보아도 마주 보고
미소 짓는 연인들

전쟁은 못 봐서 모르고
분단은 보고도 뼈저리게 모르지만
아무도 없는 초평도에 건너가 풀집 짓고
아무 길손이나 불러들여 뜨겁게
어우러져도 좋을 청춘들

임진나루 지나 그들이 다녀간 길
북쪽을 향한 높은 절벽 틈에
무더기무더기 걸린 꽃

하얗디하얀 꽃다발
돌단풍꽃

자전거

1

오백 원에 한 시간씩 빌려 타던 자전거
안장에 오르면 구름 탄 것처럼 설레던 자전거
그것 타고 안 가본 데 없는 우리 동네
몇 번씩 시계방 앞에서 확인을 하다
이십여 분 지나서야 슬그머니 갖다 놓던 날
집에 와선 자다가도 자전거 생각
찬장에서 오백 원만 슬쩍 훔쳐 타던 자전거
어쩌다 변소에다 에구머니, 동전 빠뜨려
한숨짓다 멀리서만 바라보던 자전거
옆 동네 구경하러 옆집 아이 쫓아가던 날
기차 없는 철로 따라 자전거 밀어 주다
무르팍 깨져 걸어오던 그 저녁 철길

2

한 대도 자동차는 안 보이는데
금강산 온정리 철길을 굴러가는 자전거
와글와글 아이들이 뒤를 따르네
까만콩 작은 아이 넘어지려다 넘어지려다
중심 잡고 웃으며 흙길 달려가네

찌르릉 찌르릉, 낡은 자전거 나아가네
페달 안 밟아도 잘 구르고
아이들이 쫓을수록 더 잘 구르는
자전거가 철길 따라 철조망 건너오네
아이들 떼어 놓은 채 웃음소리 매달고
예전에 사라진 우리 동네
뛰놀던 골목 골목까지 용케 찾아와
찌르릉 찌르릉, 먹통 가슴 울리네

두만강 1

하늘 푸르고 강물 흐린 유월 초

두만강 너머 기차 없는 역사
대형초상화 밑을 걸어가는 사람들
강을 내려 보는지 우릴 바라보는지
불러도 대답 없고 손도 흔들지 않고

우리도 지나치듯 강물 따라 흐른다
색깔 절반씩 다른 국경 다리 이쪽
거대한 철문에 황금색 中國이 빛나고
다리 저쪽엔 갈색 산 아래 낡은 집들이
구름에 짓눌려 있다

구름 풀리듯 다시 흘러 도문
좁은 강물 건너면 단박에 남양 땅
일행들이 강 너머로 목을 빼고
침울하게 난간 붙들고 있을 때
매점 옆 나무 아래 노인들이 하나씩
그늘을 안고 앉아 있다 갑자기
중국말에 겹쳐지는 경상도 억양

다가가 말씀 여쭈니
함양에서 함경도 거쳐 온 할아버지
먼 산 보고 무슨 말씀 더 하려다
다시 쭈그려 앉으신다

공원 지나 강가 외딴집에
개줄 풀려 있고 배는 물에 반쯤 잠겨 있다
두만강 푸른 물에 노 젓는 뱃사공 대신
강 건너 풀숲에서 불쑥 어깨 내민 북한군
하나, 둘, 저편에서 또 하나
총구 숨기고
갈라져 있는 것만으로
온전히 벌이 되고 죄가 되는 한 핏줄들

탁한 강물이
두 눈에 차오르다 심장으로 역류한다

두만강 2

꽃제비들 몰려다니다 자취 없어진 곳
버려진 채 이리저리 나돌던 국경 아이들
허기진 눈망울만 발길에 매달고 와
쌴륜과 택시가 뒤엉킨 훈춘 시내
한자와 한글이 뒤섞인 간판 밑을 걸으며
안중근 의사가 몇 번쯤 지나쳤을
길거리를 바라다본다

목숨 바쳐 그가 꿈꾸었을 나라
그 반쪽 땅에서 비행기 타고 에둘러 와
백두산에서 흘러가는 강물처럼
조선족과 북조선과 남한으로 흐르는
나누어진 핏줄을 느끼고 있는가

강물은 우리를 감고 감아
미끼 없는 낚싯줄 던져 놓고
강가 감시하는 낯선 남자들 너머
잔잔해진 햇살
왕왕대는 집단농장 노랫소리 속에서도
풀리지 않는다 이랑이랑 펼쳐진 밭 가운데

점묘처럼 반짝이는 북한 동포들

노랫소리 끊기면서
강폭이 넓어진다
철교 아래 넓은 모래밭으로
억세고 해맑을 웅기 아이들 강 건너와
알몸으로 내달리지 않아도,
북한으로 들어가는 기차에 온몸 딸려 가던
남쪽 사람들
철교에서 내려와 그만 웃통 풀어헤치고
은빛 모래밭에 그물 메고 달린다
마주 보며 웃는 눈에 물기 어린다

반짝이는 두만강
눈물 닦인 푸르른 가슴 뚫고
쉼 없이 한 줄기
동해로 동해로 흘러가는 강

아이의 감각으로 바람에 기대어

방민호 | 시인, 서울대 국문과 교수

〔1〕

　이승규 시인의 첫 시집 『냉기가 향기롭다』를 접하며 가장 먼저 떠오르는 것은 '아이'라는 말이다. 이 시집의 맨 밑바닥에 놓인 것은 아이의 느낌, 아이의 생각, 아이의 상상이라고 생각된다.

　시집에 수록된 첫 번째 시인 「리히터 1.9」는 사랑하는 마음이 처음 찾아든 순간을 노래한 것처럼 보인다. 그런데 이 사랑은 성숙한, 욕망의 사랑이 아니라 첫사랑, 풋풋한 사랑 같아서, 그것은 "아기가 꿈이 깨지 않게/내밀다 망설이는 손가락?" 같은 것이고, 아이의 "볼우물" 같이 천진하고 깨끗한 것이다. 또 이 시집의 앞부분에 놓인 시들은 상당 부분 시인 자신의 유소년 시절 성장 경험과 관련된 것으로 보인다. 예를 들면 「미달」 같은 시는 어린 시절 우리가 늘 맛보던 '순수한' 좌절의 경험을 떠올리게 한다.

공중으로 찬 축구공이 보이지 않는다. 높다란 소나무에 걸
려 있다

다른 공을 꺼내 우듬지를 향해 던진다. 미치지 못하고 풀썩 떨
어지는 공. 벤치에 무표정한 여자들이 고개 돌리고 쳐다보고 있
다. 다시 공을 세게 던진다. 가지가 흔들리고 아무 공도 떨어지지
않는다. 처음 걸린 데보다 높은 곳에 걸린 공. 나무 밑에 반 조각
난 벽돌을 줍는다. 두 손으로 휙 던져 올린다. 벽돌이 머리로 떨
어진다. 간신히 피한다. 또 던진다. 두 번, 세 번, 아무것도 떨어
지지 않는다. 굵은 가지에 단정히 얹혀 있는 벽돌

해가 툭 떨어진다. 어두워지고 있다

―「미달」전문

어른이 되고 보면 일을 어떻게 하면 되는지 알고 또 뭔
가 안 된다면 안 되는 이유도 이해할 수 있는 경우가 많
다. 그런데 아이가 해결할 수 없는 문제 앞에서 느끼는 좌
절은 말로 표현하기 어려운 어떤 막막함 같은 것, 예감 같
은 것에 가깝다. 그것은 알 수 없는 좌절이고 논리로 설명
할 수 없는 좌절이다. 시간이 흐르면서 아이는 자신의 좌
절의 순간에서 삶에 대한 깊은 실감을 얻어 버린 것 같은
암시에 사로잡힌다. 이 아이에게 세상은 살아내 쉽지 않
을 것 같다.
　하지만 이 아이, '아기'는 연약하지만은 않다. 시인은

시집 앞부분에 '아기장수' 설화를 옮겨 놓았다. '아기장수'
이야기는 학교 교과서에도 등장하는 잘 알려진 이야기다.
여기서 아기는 불길한 '신탁'에 의해 태어나자마자 버려져
야 하는 운명을 타고난다. 이 '아기'의 이야기를 시인은 다
음과 같이 아이러니하게 표현한다.

나는 아기 혹은 장수
아기라면 엄마의 사랑 독차지하고
장수라면 단박에 적군의 목 베겠지
나는 아기장수
태어난 지 사흘 만에 걷고 말했어
사뭇 겨드랑이가 가려웠지
내가 아기라서 엄마를 불렀지만
엄마는 못된 장수라며 날 눌러 죽였다
차가운 땅에 파묻었다

나는 아기장수
땅을 뚫고 다시 일어나서도
여전히 세상이 지루하지만
반란이 필요한 건 아냐
아기처럼 보채고 잠자면서
적당히 웃어 보이거나 하품하면 돼
충직했던 용마도 이젠 날지 않아
사료와 항생제로 고기를 부풀리면서
놀이공원 퍼레이드를 뛰고 있지

세상은 환장할 만큼 평온해
축복하듯 폭탄이 떨어지고 열차들이 일제히
뒤집히네, 사람들이 줄 서서 수용소로 간 뒤 저기
은행에서 풀려나온 실력자들이 뛰노네
이 땅이 온통 공명정대해졌지

날 부르거나 내쫓는 사람도 없어
아토피성 피부염으로 떨어져 나간 비늘
조기영재학원 실려 다니며 늘어진 어깨
영웅도 전사도 필요 없는 시대
아이돌의 행진곡에 맞추는 율동

나는 아기장수
세상은 온통 휘황하고 찬란해
도무지 무엇이든 바꾸고 싶지 않아
검붉은 바위를 지고
스스로 땅속으로 들어간다
단념하려고, 거룩한 꿈꾸기 위해?
영영 깨어나기 싫은, 달콤한 잠을 위해?

— 「나는 아기장수」 전문

이 시에 나오는 것처럼 '아기장수'는 태어난 지 사흘 만
에 걷고 말한다. 아기장수 설화는 한국의 가장 전통적인 이
야기 가운데 하나로 민중들의 '한'과 염원을 잘 드러내 보
여 준다. 전제적 억압 아래서 살아가는 사람들에게는 그들

을 구원해 줄 힘이 필요하다. 그러나 거듭된 패배와 좌절의 경험은 그들이 국가나 왕조, 관료들을 이길 수 있다고 상상하기 어렵게 한다. 아기장수는 민중들의 염원을 한 몸에 안고 태어나지만 세상에 나자마자 부모에 의해 버림받아야 하는 비극적 인물이다. '아이'의 깨끗하고도 새로운 힘의 경이로움을 보여 주면서도 끝내 민중의 좌절을 그릴 수밖에 없었던 것이 바로 아기장수 설화다.

세월이 흐른 오늘날, 사람들은 아이에 대한 '초인'의 꿈을 버렸다. 어른들은 아이들이 아기장수가 되기를 바라지 않고 세상에 적당히 맞춰지기를 바란다. "아토피성 피부염으로 떨어져 나간 비늘/조기영재학원 실려 다니며 늘어진 어깨"는 이 시대에 초라해진 아이의 '존재성'을 압축해 보여 준다. 더 이상 기운 센 '제세구민'의 영웅 아이는 존재하지 않는다. 아이들은 한갓 아이, 어른들의 세상에서 양육되고 통제되는 연약한 존재일 뿐이다.

그렇다고는 해도 이 시인의 내면에 존재하는 '아이'는 결코 연약하지만은 않다. 이 아이는 옛날의 아기장수처럼 여전히 천진하면서도 세상을 구원할 수 있는 내장력을 가진다. 장난스럽고 유머러스하면서도 고단한 사람들의 세상살이를 따뜻하게 어루만져 줄 수 있는, 어떤 시적 치유력 같은 것 말이다.

코끼리 같은 남자가
손바닥만 한 의자에 쭈그리고 앉는다

무릎 위에 하이힐을 올려놓고
온 신경을 바늘 끝에 모으지만

터진 신발짝 같은 생활을 질질 끌고 다니다
중고트럭에 수선 부품과 노하우를 싣고 온
모래내시장에서 자꾸 흐려지는 눈을 비빈다

그가 옆으로 밀쳐놓은 핸드백에서
인조악어가 빠져나오자 슬금슬금
양과 소가 옷걸이 뒤로 뒷걸음친다
구두굽에 못 박는 그의 단호한 망치 소리에
동물들이 제각기 자리로 되돌아간다

그는 관록 있는 조련사다
그가 웅크리고 손보기만 하면
양 잠바가 배달 스쿠터를 부르릉 몰아대고
들소 구두가 후다다닥 시장바닥 내달린다

그의 팔뚝에도 용이 막 승천하고 있지만
뚜렷한 흉터가 지퍼 닫듯 손등을 잇고 있다
하지만 그의 손은 그 누구의 과거도
어김없이 받아들인다

냄새 나는 진창길 달려왔어도
어딘가 찢겨 실려 왔어도
감쪽같이 아물게 하고 새살 덧댄다

죽어서 이름 못 남길 사람들
뒤틀리고 헤진 가죽 쓰다듬는다

―「가죽일체수선」 전문

　어떤 시는 그것을 쓴 사람의 내부를 투명하게 드러내 보
이곤 한다. 구두 수선점 풍경을 이렇게 알뜰살뜰하게 표현
하기도 쉽지 않을 텐데, 이 표현 아래 흐르는 유머러스하
고도 따사로운 '동정심'은 여전히 살아 있는 서민들의 세
상을 넉넉히 품어 안을 수 있을 것만 같다. 노파심 삼아 말
하자면 이때 동정심이란 동전을 던져 주는 마음 말고 어렵
고 슬프고 힘든 것을 같이 느끼는 마음이다. 이 함께 느낌
은 깊은 연대의 출발점이다.

〔2〕

　이 '아이'에 관해서 내가 일찍 감동적으로 느꼈고 그 후
로도 매번 되돌아가곤 하는 것은 바로 프리드리히 니체가
명저 『차라투스트라는 이렇게 말했다』에서 이야기한 정신
의 발전 단계로서의 아이에 관한 것이다.
　그는 "인간은 극복되어야 할 그 무엇"이라고 했다. 이는
새로운 인간에 대한 의지를 표명한 것으로서, 그는 기독교
적 신의 존재에 대한 믿음에 의거하여 천상에서의 영원한

삶을 위해 지상적 삶을 희생시키는 부조리를 넘어서서 유한한 생명 자체의 역설적인 '영원성'을 추구하고자 했다. 그는 이 초월적 믿음에 바탕을 둔 선악의 관념조차 넘어서고자 했고 선험적 규율처럼 다가서는 규범과 의무에 대한 복종에서 벗어나 자신의 삶을 스스로 창조해 가는 진정한 자유의 길을 설파했다.

이러한 니체의 사유에서 인간 정신은 낙타의 단계에서 사자의 단계를 넘어 아이의 단계로 나아가야 한다. 모든 저작에 끓어 넘치는 시적 비유로 인해 니체의 전언은 마치 주역의 궤를 읽어내는 것과 같은 상상력이 필요하다는 점을 기억해 두어야 한다. 낙타를 통하여 우리는 무거운 짐을 짊어지고 끝없이 펼쳐진 사막 같은 세계를 묵묵히 견뎌 나가는 존재를 생각한다. 그는 그 인내와 절제로 인해 숭고하다. 하지만 그는 자유롭지 않고 원한에 사로잡힐 수 있다. 사자는 이제 그러한 규범과 의무에서 벗어나 사나운 용기를 품고 자유를 향해 돌진하는 존재를 의미한다. 그러나 이 사자에게는 아직 분노와 투쟁이 있다. 진정 자유로운 자의 정신은 주사위 놀이를 하는 아이처럼 그다음에 펼쳐질 삶을 향한 순진무구하고도 자유로운 꿈을 추구한다. 여기서 아이는 하나의 상징이 된다. 그것은 필연, 인과성에 자기를 얽매어 두지 않고 새로운 삶을 향해, 그러한 삶의 향유를 위해 놀이와 같은 자유로움을 잃지 않고 나아가는 정신을 상징한다.

그 자유로움과, 그렇기 때문에 가벼움, 이념이나 인과에 의해 짓눌리지 않은 투명함을 이 시집이 보여 주고 있다면 너무 과장하는 것일까? 그럼에도 나는 그렇게 말할 수 있을 것처럼 생각한다. 어쩐지 말이다.

너를 안아 올리면 너는 너무 가볍다
신발이 벗겨지는 줄 모르고
어깨를 짚고 올라
깃털처럼 내 팔에서 빠져나간다

너는 너무 가벼워서 너는 없다
밤바람 같은 머리카락
녹는 눈같이 바스러지는 웃음
불안한 커튼 치는 눈동자

하늘에 떠 있는가 올려다보면
어느새 내 등 뒤에 와 서 있고
돌아보면 바람 부는 빈 벌판
알 수 없는 향기만 남는다

너는 너무 가벼워 내가 품을 수 없지만
네 곁을 절실히 떠날 수가 없고
신을 신은 너를 다시 안아 올리면
너는 맨발로 내 어깨를 밟는다
안개처럼 하얗게 날아간다

—「너를 안아 올리면」 전문

여기서 말하는 '너'는 누구일까? 그것은 단순히 사랑하는 사람인가? 시적 화자가 한없이 보살펴 주어야 마지않을 어떤 존재인가? 그러나 그것은 또 어떤 삶 자체 같은 것은 아닌가? 이런 시에서 보면 이 시집의 시인은 정말로 이념이나 인과 따위와는 별 관계없어 보인다. 그는 담론적 체계들로 쌓아 올려진 인식의 눈으로 세계를 읽기보다 자신의 감각과 감정으로 세계 자체를 향수한다. 이것이 이 시집의 가장 독특한 점이라고 말할 수 있고 바로 이러한 방법론적 순진성에서 다음과 같은 절창도 나타난다.

논 위에 논
햇볕 위에 햇볕
지붕 위에 마당이

와르르 무너지지 않게
논이 논을 꽉
바람이 바람 꽉
애 업은 큰누나가 꽉

바다가 하늘로 쏟아지지 않게
눈물이 눈물로 부서지지 않게

바람 위에 벼

벼 위에 파도
파도 위에 서슬 퍼런
꼬부랑 할머니가 꾸욱 꽉

— 「다랭이마을」 전문

눈부시다. 너무나 눈부신 세계가 이 시 안에 무한히 펼쳐졌다. 아마도 시인은 청산도쯤이라도 갔었는지 모르겠다. 거기 다랭이논 사진을 여러 번 보았던 것 같다. 이렇게 아름답게, 거기 펼쳐진 자연과 인간의 조화로운 삶을 간결하고 투명하게 그려낸 시도 없다. 여기서 시인은 그 풍경을 다시 보여 주지 않고 거기 자연과 사람 사이의 생명적 유대를, 그 '정서적 교감'(너무 평범한 말이지만)을 그려낸다. 거기 생명들이 생명답게 서로를 감싸 안은 '사랑'이 있다.

이 시집은 시인이 이 나라 여러 곳을 순례하듯 답파해 왔음을 보여 준다. 이에 대해서는 이 글의 뒤에서 좀 더 논의하겠지만, 그러면서 이 시인이 그려내는 자연과 사람은 나처럼 이른바 '현실 세계'라는 것을 중시하고 '시대적 요구'에 스스로를 속박시켜 온 사람에게는 놀라울 정도로 탈이념적인, 아니 이념의 수립 이전의 시들로 보인다. 말하자면 이 시들은 그가 밟아 나가는 세계에 대한 새로운 발견들로 가득하고 이 발견 과정 그 자체에 대한 기쁨으로 설렌다. 이 답파 자체가 마치 니체의 아이의 주사위놀이 같은 삶의 희열인 것이다.

그런데 그럼에도 이 아이는 그런 이상 속의 '완전한' 아이라고만 할 수는 없다. 이 아이는 아이가 되기 위해 먼저 논리적으로 사자가 되어야 했는데, 다음과 같은 시에서 그가 응축해 놓은 삶의 또 다른 풍경을 발견할 수 있다.

어둠 속에서 네가 온다
오묘한 비선형으로, 비틀비틀
취권 모션으로 날아온다, 이잉 잉
신경 거슬리는 경고음 부러 울리며
귓바퀴 돌아 목울대를 핥다가
맥박 위에 단호히 침을 박는다

네가 빨아 마시는 건 한 방울의 피
알밴 네 뱃속에 출렁거릴
나의 독성, 무수한 치욕과 절망
유구한 분투로 버무려진 유전자들

화산과 빙하를 지나
매머드에 창 꽂던 더운 피를 기억하며
자궁에서 수천 번 빠져나온 나는
잉잉거리며 다가오는 너를
너의 절박함과 집요함을 느낀다

손바닥으로 탁 치면
벽지에 붉게 박제되는 해탈의 찰나와
찔러 피 한 방울 나지 않는 철면피도 뚫는다는

흡혈신공의 영묘함을 나는 안다

뇌에 염증을 남겨 원시부족을 전멸시켰다는
너의 사촌 작은빨간집모기의 잔혹함을 버리고
엄동설한에 엘리베이터 타고 15층으로 이주한 너는
숨어서 날이 어두워지길 기다린다

또 네가 온다
잠결의 헛손질 피해
은은하고 치명적인 아로마 모기향 피해
넌 다가온다, 내 목에 날 선 입술을 박는다

—「빨간집모기에게」 전문

이 시에서 빨간집모기가 빨아먹고 있는 것은 "한 방울
의 피"인데, 그것은 "나의 독성, 무수한 치욕과 절망/유구
한 분투로 버무려진 유전자들"을 담고 있다. 한 인간이 어
른이 된다는 것, 사회체제 속에서 밟히지 않는 존재가 된
다는 것은 이렇듯 무서운 '독'을 필요로 한다. 어른이 되기
위해 싸워본 사람은 알 수 있는 진실, 그러나 우리는 끝내
아이가 되어야 한다. 그러면서도 이 시에 관해서 한 문장
더 첨언할 수 있는 것은 이 작은 모기 한 마리를 통해서 먼
시원으로부터 전해져 내려오는 생명의 원리를 갈파할 줄
아는 시인의 넓은 상상력이다.

〔3〕

앞에서도 언급했듯이 이 시집은 시인이 마치 순례를 떠나듯 답사한 이 나라 국토의 여러 곳에 관해 쓴 시들이 아주 많은 비중을 차지한다. 이 시들을 어떻게 볼 것이냐가 이 시집을 이해하기 위한 한 방법이라고 할 수 있다.

옛날에 시사詩社라는 것이 있었다. 이는 시인들이 시를 쓰면서 즐기기 위해 만든 모임을 가리키는 말이었고, 중국에 그 기원이 있는 것으로 알려져 있다. 한국의 전통적 문인 집단 가운데 이 시사로서 가장 널리 알려진 것은 '송석원 시사'라고 해서, 정조 시대에 천수경이라는 사람의 옥계동 거처 '송석원'에 여러 중인들이 모여 시를 짓고 즐기던 것이다. 조선시대에 시사라고 하면 한시를 짓는 모임이니까 상당히 고급한 집단이라 할 수 있다. 그런데 양반 계급을 중심으로나 이루어지던 것이 17세기에서 18세기로 넘어오던 정조 대에 이르러 중간 계급인 '경아전'들이 독자적으로 한시를 지어 즐기는 모임이 발생했다는 것인데, 여기에는 이들이 관아의 행정 실무를 담당하던 사람들로서 한문 실력을 갖추고 있었을 뿐 아니라 문화적인 정체성이나 일종의 자기의식 같은 것이 작용했다고 볼 수도 있을 것이다. 처음에는 지금 옥계동 인근에 천수경의 집이 있었던 데서 '옥계시사'라고 부르던 것이 나중에 집 이름을 따서 '송석원 시사'라고 불렸다는 것이며, 이 중인 시사의 전통이 19세기에 이르기까지 꽤 오래 이어졌다고도 한다. 그렇다면 이들은 과연 어떤 시들을 지었던 것일까? 나는 이에 대해서 자세한 이야기를 알고 있지 않지만 양반 중심의 계급사회 속에서 자신들이 처한 상황이나 심사 같은 것을 적은 것이 적지 않았다 하니 그들은 마치 조선 전기의 서자 시인들이었던 이달, 백광훈, 최경창 등의 '삼당 시인'들처럼 독특한 세계인식을 갖추고 있었을 것이다. 이를 반영하듯 그들의 모임은 자신들만의 끈끈한 유대에 근거한 규칙 같은 것도 갖추고 있으며 '백전'이라 하는 시회를 열 때는 도시락 두 개를 싸 와서 가난한 사람을 배려한다는 상호부조의 의식까지도 과시하고 있었다.

이 시사에 대해 별다른 관심을 갖지 못하고 있던 나는 지난해 어느 때인가 문득 오늘날에도 이 시사 같은 것이 절실히 필요하다는 데 생각이 미칠 수 있었다. 이는 오늘날 시가 처한 쉽지 않은 상황 때문인데, 오늘날 서점에서 널리 팔리는 시집들 가운데 시답게 읽히는 것이 별로 없어 보인다는 게 나의 답답함이라면 답답함이다. 시에도 다른 물건들처럼 유행이라는 게 있어 길게 쓰고, 퇴고 잘 안 하고 쓰고, 밑도 끝도 없이 늘어놓는 풍조가 만연하고 있을 뿐 아니라 특정한 몇몇 출판사의 시집만을 시집으로 아는 눈 낮은 독자들 탓에 이 나라의 시문학은 요즘 갈 길 먼데 어느 자리에서 맴돌이만 하고 있는 것처럼 보인다.

어떻게 이 상황을 타개할 수 있나 할 때 내가 먼저 생각했던 것이 바로 동인지 운동 같은 것이다. 올해는 동인지 《창조》가 백 년을 맞이하는 때이지만, 이 무렵의 《창조》, 《폐허》, 《백조》, 《영대》 등 말고도, 1930년대 초반에 카프 문학운동이 위기에 처했을 때는 《시인부락》, 《자오선》, 《낭만》 같은 새로운 동인지들이 나왔고 해방 후에는 박인환 등의 《신시론》 동인들이 제1집에 이어 제2집 『새로운 도시와 시민들의 합창』으로 시의 새길을 열었다. 그뿐만 아니라 1980년대 시사를 말할 때 《시와 경제》나 《시운동》을 빼놓을 수 없음은 누구나 다 아는 사실인데, 그렇다면 오늘날 같은 때 또 동인지 운동이 없을 수 있겠느냐? 생각했던 것이다.

그런데 생각이 조금 바뀐 부분이 있다. 동인지라고 《사월》 1집을 내고 한참을 휴지기에 있는 동안, 이 동인 활동이라는 것이 어딘지 모르게 시대의 주조를 새롭게 형성해 보려는 의욕과 의지를 띤 것인데 반해, 앞에서 잠시 이야기한 시사라는 것은 동인과도 또 달라서 세상이야, 시대야 어디로 가든 말든 우리는 우리끼리 우리 성미에 맞는 시를 쓰며 살겠다는, 오불관언식의 공동체 의식 같은 것이 작용하고 있었다는 것이 바로 나의 생각이었다. 오늘날에 필요한 것이 동인이기도 하겠지만, 과거에 동인지 운동이 활발했던 때보다도 요즘은 상황이 더욱 좋지 않다고 판단되고, 그렇다면 세상을 움직이려는 생각도 좋지만 지금 정작 필요한 것은 청풍 벽계 소나무 숲 사이로 세상의 흐름을 멀리 보고 자신들만의 세상을 쌓아 올리려는 독특한 가치의식 아닐까.

이런 생각은 나로 하여금 몇몇 흐름에 시선을 주도록 했으니, 그 하나는 인천작가회의에서 내는 《작가들》이라는 책으로, 이 집단은 물론 한국작가회의의 소속 단체이기는 하지만 언젠가부터 그들 자신의 독특한 흐름을 만들어 가는 차별성 있는 모임이다. 그런 것보다 필자와 아예 관련이 없다고만은 할 수 없는 '빗방울화석' 동인들은 그중 간단치 않은, 시사에 준하는 그룹이라 할 수 있다고 본다. 이 '빗방울화석' 동인 모임의 중요 인물 가운데 하나는 신대철 시인으로 박두진 시인의 제자요, 지금 내가 글을 붙이고 있는 이승규 시인의 스승이며, 벌써 몇 년째 같이 만나는 사람들끼리 백두대간을 모두 답파하고 정맥을 타고 있다고도 하고, 7권인가 몇 권째인가 모를 동인지도 꾸준히 내고 있으며, 세상에 자기 존재를 표 나게 드러내지 않으면서도 결속력이 아주 강한 독특한 집단을 구성하고 있다.

이야기가 나왔기에 유머 삼아 이야기하면 시인은 평지돌출도 물론 있는 법이지만 '유구한' 역사를 가진 사람들도 있다. 해방 후에 이름을 떨친 청록파 세 사람은 모두 정지용이 《문장》에 추천한 사람들이다. 그 가운데 박목월의 제자는 오세영 시인이요 그분의 추천을 받은 사람이 바로 나이고, 조지훈의 제자가 최동호 시인인데 그와 함께 《서정시학》 편집을 십 년 넘게 하고 있는 사람도 나이며, 박두진의 제자가 신대철 시인인데, 이분과 장장 2년을 한솥밥 먹으면서 시인이란 어떤 존재여야 하나 하고 곁눈질을 '실컷' 해본 사람도 바로 나다. 아하, 나는 정지용에서 청록파 3인을 거쳐 각기 오세영, 최동호, 신대철로 나아가 다시 한데 모인 그 계곡, 합수된 곳에 존재하는 희유한 시인인 것이다! 후후.

자다가 소가 웃을 이야기이지만, 이제 유머를 떠나 말하면 청록파 3인 가운데 한학에도 밝고 자연에 깊은 식견을 가진 분이 바로 박두진 시인이고 그 줄기가 신대철 시인을 지나 이 시집 『냉기가 향기롭다』를 펴내는 이승규 시인이라 말한다면 여기에는 일점 유머도 없다고 말할 수 있다. 물론 신대철 시인에게서 나온 줄기는 여러 갈래로 흩어지지만 누가 참된 줄기냐 하는 것은 인생을 다 살고 시도 다 나온 다음 문제일 테다. 그렇게 해서 이 시집에 등장하는 아주 많은 수의 자연 답사의 시들이 등장하고 있음을 결코 간과할 수 없고, 그러할 때 이승규 시인의 '자연시'는 과연 어떤 모습을 띠고 있던가.

알 수 없이 벅차 오는
내 속에 내 것 아닌 숨결로
산이 받쳐 올린 능선길을
황송하게 걷네

비로봉 지나온 이 길을 따라가면 선달산

선달산 능선은 물결치며 아득히 이어지네

떨며 울며 피 흘리며 걸어갔을 사람들
능선 따라 지나갔을 무수한 걸음들 위로
햇살 쌓이고 바람 불어오네

흔들리는 금강송 우듬지에 마음을 얹고
나는 발걸음만 달음질치네
능선 놓치고 뒤엉킨 비탈길에 들어
멈칫멈칫 부석으로 흘러내리네

산기슭 과수원에는 뙤약볕에
설익은 사과들만 매달려 있고
철근으로 받친 부석사 천왕문 앞에서
관광객 행렬에 내가 막 섞이기 전

앞산 너머 산 그 위로
능선길이 끝없이 출렁거리네

－「끝없이 출렁거리네」전문

　시에 리듬이 살아야 한다고 믿는 사람으로서 이 시는 산
길과 시작 화자의 감응이 아름다운 리듬으로 화합을 이룬
사례라고 말하고 싶다. 산길을 걸으며 그는 "알 수 없이
벅차 오는/내 속에 내 것 아닌 숨결"을 느낀다. 이 "숨결"

은 어디서 온 걸까? 그것은 그 자신에게서 온 것을 착각한 것일까? 나는 그렇지 않다고 본다. 그것은 정녕 원래 시인 안에 없던 것을 만나 감응한 것이며 그럼으로써 이제 그 숨결이 자신의 것이 된 것이다. 앞의 "선달산 능선은 물결 치며 아득히 이어지네"라는 시구는 뒤의 "앞산 너머 산 그 위로/능선길이 끝없이 출렁거리네"라는 구절로 되받아진 다. 산 너머 산이요 그 뒤에 또 산이다. 시적 화자는 부석 사 천왕문 앞에서 잠깐 '그'와 이별하지만 다시 또 '그들' 에게 돌아갈 것이다. 그 산들 속에는 그리고 사람들이 있 다. "떨며 울며 피 흘리며 걸어갔을 사람들". 시적 화자는 그들의 사연이 무엇이었는지 구체적으로 이야기하지 않는 다. 그리고 여기서 구체적인 '서술'은 필요치 않다. 산과 '나'의 교감, 반응이 중요하다.

다시 이와 같은 맥락에서 나는 두 편의 시에 더 주목하 게 된다. 하나는 이 시집의 표제시인 「냉기가 향기롭다」이 며 다른 하나는 「오세암으로」다. 두 편 모두 아름답지만 여 기서는 글의 분량을 고려하여 표제시 쪽을 택한다.

　새벽빛에 깨어나는 눈빛
　앞서간 사람들 말소리도 끊기고
　깊숙한 발자국만 토왕성 빙폭으로 향해 있다

　세찬 바람은 협곡 아래로 불고
　돌아보면 눈, 눈절벽

어디서부터 혼자 나는 걸어왔을까
눈발에 이정표 꺾이고 묻힌 길을
얼음장 물소리 따라
회오리치는 찬 햇살에 끌려
올라왔을까

휘청, 미끄러져
무릎까지 빠진 다리를 꺼내다
지나간 발자국에 내 발자국 포갠다
언 발자국들 문득 줄이어
산정으로 흘러 흘러 오르고
섞여드는 말소리, 웃음소리에
우웅 웅 울려드는 빙폭의 숨결

눈길 지나 얼음길
얼음길 지나 허공길
솟구치다 아찔하게 끊겨 버리고
먼 곳으로부터 날리는 눈발 속에서
이 겨울이 향기롭다

― 「냉기가 향기롭다」 전문

어떤 시구는 그 자체로는 아주 평범해 보이는데도 놓이
는 자리에 따라 결코 범상하게 읽어 넘길 수 없다. 새벽에
함께 일어나 산길을 올랐는데, "어디서부터 혼자 나는 걸
어왔을까". 이 새벽 산은 문득 시적 화자로 하여금 자기를

돌아보도록 한다. 사람들의 말소리, 웃음소리 속에서 '나'
는 "빙폭의 숨결"을 느낀다. 그러자 깨닫는다. 겨울이, 냉
기가 향기롭다는 사실을. 이 향기는 겨울 산길이 자기로
향해 있기 때문이다. 문득 자신을 돌아보게 만드는 이 매
혹이 바로 겨울의 매운 향기의 정체다.

〔4〕

그러므로 '빗방울화석' 동인들은 하나의 시사처럼 문학
사에 기록될 수 있으리라 믿어진다. 나 역시 《사월》을 동
인지 넘어 시사처럼 가꾸어 가고 싶지만 미래가 지극히 불
확실하다. 이런 시사적 모임을 위해서는 논리보다 심정이
확고해야 하는데, 나와 같은 불안정함은 심정의 버팀대를
유지해 가기 어렵기 때문이다. '빗방울화석'은 송석원 시
사처럼 오래 유지될 수도 있을지 모르는데, 여기에 신대철
시인 같은 향기 있는 시인 말고도 그 후배들 가운데 『냉
기가 향기롭다』의 이승규 시인처럼 맑고 투명하고 내성적
인 존재가 함께하고 있고, 그런가 하면 강인한 실제 산사
람 같은 시인도 뜻을 함께하고 있기 때문이기도 하다. 그
런데 이 '빗방울화석' '시사'의 하나의 특징 가운데 하나는
그렇게 깊은 자연애를 보이는 한편으로 이 토포필리아의
한편에 자연과 민족을 하나로 잇는 현실인식이 자리 잡고
있다는 사실이다. 이승규 시인의 시집에도 '빈번히'라고는

할 수 없지만 한반도의 분단 현실에 대한 인식의 끈이 엿보이는 시들이 존재한다. 사실, 역사와 시대와 현실을 생각하면 한반도의 산들 가운데 어느 곳 하나 사연을 간직하지 않은 곳이 드물 것이고, '백두대간'이라는 개념은 바로 그 때문에 이 나라의 잘린 허리를 생각하지 않을 수 없게 한다. 다음의 시는 앞에서 우리가 살펴보았듯이 산속 깊이 들어간 시인에게도 이러한 현실에의 촉수가 자리 잡고 있음을 알려 주는 사례다.

바람을 버티다 바람에 기대야만
겨우 걸어진다
눈도 쌓이지 않는 고원

돌아보면 눈부시게 펼쳐진 강릉 시내
비행운이 선명하게 가르는 하늘
이 하늘로 다시 미사일과 포탄이 날까?

산 밑으로 남과 북의 정치인들 바삐 오가고
올림픽 폭죽 터지면서 환호성 울리는 동안
칼날바람이 멎지 않는다

아까 고꾸라졌던 눈구멍 지나
뱅뱅 둘러 가는 것 같은 대관령에서
바람 위에 올려놓는 한 발

이 시의 매력은 특히 "바람을 버티다 바람에 기대야만/ 겨우 걸어진다"라는 시구에 놓여 있으며, 이 매력은 다시 이 시의 마지막 행 "바람 위에 올려놓는 한 발"이라는 시 구에서 완성된다. 그런데 이 '백척간두'의 자연의 위태로 움 속에서 시인은 문득 대관령 강릉을 둘러싸고 있는 민족 적 현실을 떠올린다. 아마도 평창 올림픽을 전후로 하여 북 한 인사들이 꽤나 한국을 빈번하게 방문할 즈음일 것이다. 이렇게 현실을 상기시키는 연들로 인해 산 고원을 디디는 시적 화자의 위태로운 감각은 단순히 자연의 것으로 되돌 려지지 않는다. 바로 그와 같은 맥락에서 다음의 시는 금 강산 온정리에서 본 자전거 모습을 시인 자신의 성장기 속 에 담겨 있는 자전거에 겹쳐 놓음으로써 현실을 '초극'할 수 있는 '아이'의 근거를 마련하고 있다고 말할 수 있다.

1
오백 원에 한 시간씩 빌려 타던 자전거
안장에 오르면 구름 탄 것처럼 설레던 자전거
그것 타고 안 가본 데 없는 우리 동네
몇 번씩 시계방 앞에서 확인을 하다
이십여 분 지나서야 슬그머니 갖다 놓던 날
집에 와선 자다가도 자전거 생각
찬장에서 오백 원만 슬쩍 훔쳐 타던 자전거

어쩌다 변소에다 에구머니, 동전 빠뜨려
한숨짓다 멀리서만 바라보던 자전거
옆 동네 구경하러 옆집 아이 쫓아가던 날
기차 없는 철로 따라 자전거 밀어 주다
무르팍 깨져 걸어오던 그 저녁 철길

2
한 대도 자동차는 안 보이는데
금강산 온정리 철길을 굴러가는 자전거
와글와글 아이들이 뒤를 따르네
까만콩 작은 아이 넘어지려다 넘어지려다
중심 잡고 웃으며 흙길 달려가네
찌르릉 찌르릉, 낡은 자전거 나아가네
페달 안 밟아도 잘 구르고
아이들이 쫓을수록 더 잘 구르는
자전거가 철길 따라 철조망 건너오네
아이들 떼어 놓은 채 웃음소리 매달고
예전에 사라진 우리 동네
뛰놀던 골목 골목까지 용케 찾아와
찌르릉 찌르릉, 먹통 가슴 울리네

—「자전거」전문

자전거는 사실 우리 한국인들의 삶 속에 아주 깊숙이 자
리 잡고 있는 매체다. 자동차 없던 시절에 자전거 한 대 없
이 사는 사람은 없다시피 했고, 이 자전거를 통하여 아버

지와 아들이, 형제들이, 동네 선후배들이 하나로 엮였다. 자전거만큼 사람이 딱딱한 것으로 만든 물건 중에 시적인 세계 깊숙이 들어와 있는 매체가 없다. 금강산 여행이 가능할 때 찾아가 봤던 금강산 온정리 철길에서 만난 '자전거' 철길, 철조망 넘어 어렸을 적의 자기 고향으로까지 찾아와 "찌르릉 찌르릉, 먹통 가슴 울"린다고 할 때, 우리는 이 '아이'의 상상력을 통하여 한국인들을 짓눌러 온 현대사의 압박을 넘어설 가능성을 엿볼 수 있다.

실로, 아이의 감각과 시선으로 세상을 감수하라, 이것을 이 시집의 기저에 깔린 정신이라 말할 수 있고, 바로 이러한 맥락에서 시인의 국토 순례는 주사위를 던지는 아이처럼 이미 그 길을 걸어간 사람들의 담론이나 입론에 의지하지 않고 그 자신의 설레는 감각과 시선으로 무엇이 와 닿고 무엇이 보이는지 노래하고 있다고 말할 수 있으며, 여기에 현실이나 역사가 스며들어올 때조차 시인은 먼 '아잇적' 놀이와 기억의 힘으로 세계를 명랑하게 개변시킨다고 할 수 있다.

나는 이러한 시인의 시들 가운데 아주 재미있고도 아기자기하고 그러면서도 시인에게 부여된 상상과 그리움, 그리워하는 마음의 힘을 여실히 느낄 수 있는 시를 한 편 발견할 수 있었다. 바로 다음의 시다.

마트에서 홍어 고르다 만났어
칠레, 넌 얼마나 먼 곳에서 헤엄쳐 왔나

나는 지하1층 마트로 가는 에스컬레이터 탔을 뿐인데
칠레, 너는 홍어로 와인으로 감쪽같이 진열되었지만
나는 너를 모른다, 너에게로 갈 수 없다
너에게 가고 싶지 않아, 널 모른다니까
너의 그 길쭉한 면상, 바게트나 뱀, 하물며 썩은 동아줄 잡은 적 없고
파블로 네루다, 늙은 시인의 음성, 널 들은 적 없어
너는 그래 가끔, 다이옥신이 초과함유되어 동네 정육점 상륙했지만
나는 돼지고기 구워 먹은 바 없고
너의 겨울과 여름 공존한다는 기후, 희한한 냉온탕 즐긴 적 없어
그래 칠레, 가지 않았으므로 가고 싶지 않은 땅
너를 나는 모르지만, 모르겠지만 넌 있어
썩은 내 나는 홍어나 텁텁한 와인, 슬픈 시로 있지 않고
너는 있어, 너에게도 있지 않나 쌉싸래한 추억
무작정 외치다 거꾸러지던 사람들 파묻은 이 땅처럼 네게도
무수한 협잡들, 너의 땅 갉아대는 두더지들 있지 않나 칠레야
네가 있으므로, 있으므로 난 가고 싶어
암에 걸리지 않고 포도가 익기를 기다리며
시를 잘 쓸 수 없으니까 네루다 흉낸 낼 수 없고
칠레야 만나고 싶어, 한번 볼 수 있을까요, 에스컬레이터 타고
지하로 지하로 지하로 내려가 펄펄 끓는 지옥과 연옥 뚫고
지구 반대편으로 쏙, 고개 내밀까, 칠레야 이 사랑스러운

―「칠레야」전문

칠레는 이렇게 흑산도 홍어를 대신하는 홍어의 이름이고, 아이들이 가지고 노는 길쭉하게 생긴 뱀의 이름이고, 와인의 이름이고, 파블로 네루다의 이름이고, 내가 생각하기에는 서늘하고 향기로운 냉기가 숨 쉬는 남아메리카 끝 신비로운 내가 사랑해 마지않는 파타고니아의 이름이다. 나는 이 칠레라는 말에 시인이 품은 아이다운 순수와 투명함과 동경의 힘이 담겨 있다고 생각한다. 아이는 언제나 '무지개'를 손에 넣기를 원한다. 그것이 《창조》를 펴낸 김동인이 니체의 『차라투스트라는 이렇게 말했다』에 나오는 무지개를 빌려 영원한 꿈에 관해 이야기한 것이었다.

차가움 속에서 향기를 발견하는 시인은 '아이스케키'를 달게 먹는 아이처럼 오늘도 자신의 삶을 이루는 작은 것들 속에서 삶의 아름다움을 보고 떠나가 멀리 순례하는 여행 속에서 자기 자신의 내재적 힘을 발견한다. 멀리 떠나도 맑고 투명한 고향 속에 사는 듯한 이 시인의 시들 속에서 나는 이 어려운 시대에 시인이 존재하는 또 하나의 방법을 발견한다. 그는 바람에 기대어 바람을 버틴다.